3115025 19,80

Rolf Bergmann / Peter Pauly
Neuhochdeutsch

Neuhochdeutsch

Arbeitsbuch zur Grammatik der deutschen Gegenwartssprache

Mit einer Einführung in die Satzanalyse

von
Rolf Bergmann und Peter Pauly

3., neubearbeitete Auflage

Vandenhoeck & Ruprecht
in Göttingen

CIP-Kurztitelaufnahme der Deutschen Bibliothek

Bergmann, Rolf:
Neuhochdeutsch: Arbeitsbuch zur Grammatik d. dt. Gegenwartssprache; mit e. Einf. in d. Satzanalyse / von Rolf Bergmann u. Peter Pauly. – 3., neubearb. Aufl. – Göttingen: Vandenhoeck und Ruprecht, 1983.

ISBN 3-525-20757-3

NE: Pauly, Peter:

 Gesamtherstellung: Hubert & Co., Göttingen

Inhaltsverzeichnis

Einleitung

Zur dritten Auflage

Die Vorbereitung der vorliegenden dritten Auflage dieses Arbeitsbuches bot die willkommene Gelegenheit, die vielfältigen Erfahrungen mit diesem Buch in seiner inzwischen mehr als zehn Jahre dauernden Verwendung im akademischen Unterricht zu berücksichtigen. Die Präzisierung der Zielsetzung und die Modifizierung der Anlage kommen in dem veränderten und erweiterten Untertitel zum Ausdruck. Die Bewahrung des Titels *Neuhochdeutsch* selbst drückt die Fortführung eines vielfach bewährten Konzepts aus.
Durch umfangreiche Erweiterung um neue Kapitel, Verzicht auf zwei Kapitel der zweiten Auflage, Umstellungen von Kapiteln, gänzliche Umarbeitung einzelner Kapitel, durchgehende Orientierung am Material des Textanhangs und völligen Neusatz ist eine Neufassung entstanden, die als neubearbeitete Auflage bezeichnet werden muß.

Zielsetzung

Neuhochdeutsch ist als einführendes Arbeitsbuch zur Grammatik der deutschen Gegenwartssprache konzipiert. Das Buch ist selbst keine Grammatik, und es will auch nicht die Grammatiken ersetzen; es will vielmehr gerade zur Benutzung der Grammatiken hinführen. Zu diesem Zweck sind wichtige, grundlegende Komplexe der Grammatik auf der Grundlage der Handbücher und neuerer Einzelforschung didaktisch und methodisch so aufbereitet dargestellt, daß sie im Grundstudium erarbeitet werden können. Dies kann, wie entsprechende Erfahrungen zeigen, in selbständiger Arbeit geschehen; das Buch ist aber vor allem auch für die Verwendung in Seminarveranstaltungen gedacht. In dieser Hinsicht ist es durchaus offen für eine andere Reihenfolge in der Behandlung der Kapitel oder gegebenenfalls für die Auslassung des einen oder anderen Abschnittes. Die Bestimmung zur Verwendung in Lehrveranstaltungen schließt ein, daß das Buch in den Grundzügen in einem Semester durchgearbeitet werden kann; im Prinzip entspricht auch ein Kapitel etwa dem Stoff einer Seminarsitzung.
Die allgemeine Zielsetzung der Einführung in die Grammatik der Gegenwartssprache wird erweitert durch die spezielle Zielsetzung der Einführung in die Satzanalyse. Alle mit syntaktischen Phänomenen befaßten Kapitel führen mehr oder weniger ausdrücklich zur Satzanalyse hin, die in den letzten Kapiteln selbst The-

ma ist. Hier wendet sich das Buch außer an den Anfänger insbesondere auch an den wiederholenden Examenskandidaten, der sich etwa auf eine Satzanalyse-Aufgabe in der Staatsexamens-Klausur vorbereitet.

Gliederung

In der inhaltlichen Abgrenzung der Grammatik ist in den vorliegenden Grammatiken der deutschen Gegenwartssprache ein unterschiedliches Verhalten zu beobachten. Die Phonologie wird teils knapp, teils ausführlich behandelt, die Orthographie teils ausdrücklich im Titel genannt, teils stillschweigend weggelassen; mit der Wortbildung verhält es sich ähnlich. Angesichts dieses Befundes erscheint es angemessen und zweckmäßig, Phonologie und Orthographie sowie Wortbildung wenigstens in den Grundzügen zu berücksichtigen. Damit ist auch dem einführenden Seminar wie der Examensvorbereitung am besten gedient. Fragen der lexikalischen Semantik dagegen, die in den ersten beiden Auflagen dieses Arbeitsbuches in Ansätzen berücksichtigt worden waren, sind jetzt ganz ausgeklammert worden.

Phonologische und orthographische Phänomene werden in den ersten beiden Kapiteln behandelt, wobei die Gliederung nach Vokalismus und Konsonantismus erfolgt. Das Hauptgewicht liegt hier auf der Vermittlung systematischen und historischen Wissens über die Orthographie; phonetische und phonologische Fragen werden nur soweit behandelt, wie sie für die Orthographie von Bedeutung sind.

Die beiden Kapitel zur Wortbildung gliedern sich nach Komposition und Derivation. Neben der Vermittlung von Grundwissen geht es hier auch um den Erwerb der Fähigkeit, Wortbildungsprodukte zu analysieren.

Die beiden Orthographie- und Wortbildungskapitel bilden jeweils eigene selbständige Einheiten, die auch an anderer Stelle behandelt oder bei einer Konzentration auf die Syntax übergangen werden können. Die folgenden Kapitel dagegen sind durch den thematischen Zusammenhang mit der Syntax und durch den methodischen Aufbau der Satzanalyse untereinander verbunden und nicht beliebig umstellbar, obwohl grundsätzlich etwa auch ein Beginn mit dem Verb und seiner Morphologie denkbar wäre.

Hier wird dagegen mit der Flexionsmorphologie der nominalen Wortarten begonnen. Die Verteilung der starken und schwachen Adjektivflexion, ihr Zusammenhang mit der Pronominalflexion sowie die Kasus- und Numerusflexion des Substantivs sind jeweils im gegenwartssprachlichen Befund zu verstehen und wenigstens in Grundzügen sprachgeschichtlich herzuleiten. Die Beobachtung des Zusammenhangs der Flexion der nominalen Wortarten führt in der Analyse nominaler Syntagmen bereits in einem ersten Schritt zur Satzanalyse hin.

Die Tempus- und Modusformen des Verbs, seine Modifizierung durch Modalverben und seine Erweiterung zu Funktionsverbgefügen sind Gegenstand systematischer Erfassung unter flexionsmorphologischem, syntaktischem und semantischem Aspekt. Damit sind wichtige Komplexe der Grammatik der Gegenwartssprache angegangen, in denen im einzelnen Probleme der Sprachnorm, der Systemdarstellung, der geschichtlichen Entwicklung enthalten sind. Über den Erwerb grammatisch-systematischer Kenntnisse hinaus soll hier vor allem Einsicht in derartige Problematik erworben werden, womit auch ein kritischer Umgang mit den Grammatiken selbst vorbereitet wird. Daneben steht auch hier die Vorbereitung auf die Satzanalyse, nämlich der Erwerb der Fähigkeit, komplexe verbale Satzkerne zu analysieren und für die Satzbedeutung zu interpretieren.
Mit der Behandlung von Verbstellung und Verbvalenz wird dann die Ebene des Satzes selbst erreicht, und zwar im Hinblick auf seine konkrete Gestalt in der Folge der Satzglieder und im Hinblick auf seine innere Struktur in der Bindung der Satzglieder an das Verb oder ihrer Unabhängigkeit davon. Die Berücksichtigung der Ausgestaltung von Satzgliedern durch Attribute und der satzförmigen Realisierung von Satzgliedern und Satzgliedteilen führt weiter zur Analyse von Satzgefügen, die in Hinsicht auf ihre Struktur und auf ihre Bedeutung vorgenommen wird. Dabei verlagert sich das Ziel von der Vermittlung grundlegender Kenntnisse zum Erwerb und zur Einübung der Fähigkeit der Satzanalyse. So werden mit der Beobachtung der Verbstellungstypen und der Erarbeitung des Valenzbegriffs wichtige Themen der Syntax in den Grundzügen erfaßt. Bei den Attributen und erst recht bei den Nebensätzen beschränkt sich die Erarbeitung aber auf die Erfassung der Phänomene als solcher, soweit dies für die Satzanalyse notwendig ist. Eine ausführliche Darstellung der Nebensätze kann in einem einführenden Arbeitsbuch nicht geleistet werden.
Zur weiteren Übung und Vertiefung der Satzanalyse sind einige im Textanhang gegebene komplexe Gefüge als Beispiele analysiert und kommentiert worden. Der Textanhang bietet auch die Kontexte der in den einzelnen Kapiteln jeweils als Material herangezogenen Sätze und Satzglieder. Das Sachregister erschließt das Arbeitsbuch von grammatischen Einzelphänomenen oder Verfahren aus. Die in der Satzanalyse verwendeten Abkürzungen und Symbole werden aus praktischen Gründen ganz am Schluß des Buches erklärt, da sie dort am bequemsten aufgeschlagen werden können. Dabei ist auch an die Anwendung an weiteren Satzgefügen gedacht; die Fähigkeit zur Satzanalyse bedarf ausgedehnter Übung.

Arbeitsweise

Die Zielsetzung der Einführung in den Gegenstand Grammatik der deutschen Gegenwartssprache umfaßt die Vermittlung von Kenntnissen über den Gegenstand, die Vermittlung von Einsichten in sprachwissenschaftliche Probleme und die Vermittlung von Fähigkeiten zur Analyse von Wörtern und Sätzen. Diesen Zielen dienen die Anlage des Buches insgesamt und der Aufbau der Kapitel im einzelnen. Da das Arbeitsbuch nicht selbst darstellendes Handbuch sein soll, wird ein schrittweise erarbeitendes Vorgehen praktiziert. Den Ausgangspunkt bilden häufig Beispiele aus dem Textmaterial im Anhang. Auf selbstgebildete Beispiele wird nur gelegentlich zurückgegriffen. Damit wird auch dem Anfänger von vornherein unverändertes Corpusmaterial zugänglich, das ihn nicht - wie konstruierte Beispiele - über Schwierigkeiten hinwegtäuscht. Die vorgeschlagenen Verfahren können so stets auf ihre Benutzbarkeit geprüft werden. Darin unterscheidet sich die hier angewandte Syntax von manchen anderen, bei denen die Übertragung von den passend konstruierten Beispielen auf belegte Texte häufig scheitert.
Von den Textbelegen aus werden in unmittelbarer Anwendung syntaktischer Ermittlungsverfahren die Befunde gewonnen. Diese Befunde haben manchmal den Charakter von Zwischenergebnissen; es kann in einem Arbeitsbuch beispielsweise unzweckmäßig sein, beim ersten Auftreten eines Begriffs bereits seine vollständige Erklärung zu liefern, wenn dadurch eine für die Erarbeitung weiterer Begriffe nützliche Spannung vorzeitig gelöst wird.
Mit der Bezeichnung als Arbeitsbuch wird dieses erarbeitende Vorgehen bewußt herausgestellt. Diese Bezeichnung soll aber auch den erforderlichen Anteil eigener Arbeit des Benutzers kennzeichnen. So kann schon der Erarbeitungsgang der meisten Kapitel durch weiteres Material aus dem Textanhang unterstützt werden; vor allem aber sind die am Ende vieler Kapitel gebotenen Analysebeispiele als Aufforderung zur Erprobung des Verfahrens an weiteren Fällen gemeint.
Mit der weiteren Auswertung des Textanhangs und erst recht mit der Heranziehung anderer Texte wird dann der Inhalt des Arbeitsbuches überschritten, was bei einem einführenden Werk gar nicht anders sein kann. Spätestens hier muß die selbständige Weiterarbeit des Benutzers mit den angegebenen Grammatiken einsetzen; die Hinweise auf diese Grammatiken und gelegentlich auf weitere Literatur sind aber von Anfang an als Aufforderung zur Vertiefung in eigener Arbeit gemeint.
Dem einführenden Charakter des Arbeitsbuches entsprechend werden beim Benutzer keine besonderen, über den schulischen Grammatikunterricht hinausgehenden Vorkenntnisse vorausgesetzt. Die erforderlichen sprachwissenschaftlichen Grundbegriffe und Verfahrensweisen werden an Ort und Stelle knapp erklärt oder finden in der Anwendung selbst ihre Erläuterung, so daß eine Arbeit mit diesem Buch ohne entsprechende Vorkenntnisse möglich ist. Derartige

Grundbegriffe können hier nicht selbst ausführlich behandelt werden; für ihre Erarbeitung und einführende Darstellung sei verwiesen auf:

Rolf Bergmann - Peter Pauly - Michael Schlaefer, Einführung in die deutsche Sprachwissenschaft, Germanische Bibliothek, Heidelberg 1981.

Weitere Literatur zu den allgemeinen Problemen der Sprachwissenschaft ist dort in einer Auswahlbibliographie angegeben (Nr. 43 - 62).

Die Kenntnis der grammatischen Strukturen der älteren deutschen Sprachstufen ist für das geschichtliche Verständnis gegenwartssprachlicher Befunde notwendig; sie wird aber ebenfalls nicht einfach beim Benutzer vorausgesetzt. Wo auf die sprachhistorischen Zusammenhänge Bezug genommen wird, werden die entsprechenden alt- und mittelhochdeutschen Verhältnisse kurz vorgeführt; im übrigen sei verwiesen auf:

Rolf Bergmann - Peter Pauly, Alt- und Mittelhochdeutsch. Arbeitsbuch zum linguistischen Unterricht, 2. A. Göttingen 1978 (mit weiterer Literatur).

Die Benutzung des vorliegenden Arbeitsbuches ist daher nicht an eine bestimmte Reihenfolge sprachwissenschaftlicher Einführungsveranstaltungen gebunden.

Grundlagen

Die zu den Einzelkapiteln gegebenen Literaturhinweise sind auch als Verweis auf die Grundlagen der hier gegebenen Darstellung zu verstehen. Dem Charakter des einführenden Arbeitsbuchs entsprechend können nicht Einzelnachweise in Anmerkungen gegeben werden; auch eine Diskussion problematischer Einzelfälle und eine Auseinandersetzung mit den verschiedenen Ansichten der Grammatiker kann hier nicht geführt werden. Die Darstellung sucht von den unterschiedlichen Vorzügen der einzelnen Grammatiken zu profitieren; sie greift auch über die Grammatiken hinaus auf Einzelliteratur zurück, die in den Grammatiken ebenfalls genannt ist. Ferner sind in die Darstellung Erfahrungen aus Vorlesungen und Seminaren an der Universität Bamberg eingegangen, von denen das Hauptseminar über Gliedsätze und Gliedteilsätze im Wintersemester 1981/82 eigens genannt sei.

Dank

Dem Dank an die vielen interessierten Studenten, deren Fragen vor allem der Entwicklung des Satzanalyseverfahrens sehr genützt haben, schließen wir den Dank an Prof. Dr. Helmut Nespital, Dr. Michael Schlaefer und Christoph Treutwein für ihre kritischen Hinweise und ihre Ratschläge an. Besonders dankbar sind wir Eva Diedrichs, ohne deren Mitarbeit diese Neuauflage nicht hätte verwirklicht werden können.

Die erste Auflage dieses Buches ist während unserer gemeinsamen Tätigkeit an der Universität Münster entstanden, wo unser Lehrer Prof. Dr. Rudolf Schützeichel seit dem Jahre 1969 systematisch die Behandlung der Gegenwartssprache gefördert und ein neuhochdeutsches Proseminar in das Germanistikstudium eingeführt hat, aus dem dieses Arbeitsbuch hervorgegangen ist. Auch diese dritte Auflage verdankt viel der andauernden Verbindung und Verbundenheit mit Rudolf Schützeichel und seinem Kreis.

Bamberg und Stuttgart
im Januar 1983

Rolf Bergmann
Peter Pauly

Verzeichnis der abgekürzt zitierten Literatur

Die Kurztitel sind durch Kursivsatz hervorgehoben.

Wladimir Admoni, Der deutsche Sprachbau, 4. A. München 1982

Otto Behaghel, Deutsche Syntax. Eine geschichtliche Darstellung, I - IV, Heidelberg 1923 - 1932

Rolf Bergmann - Peter Pauly - Michael Schlaefer, Einführung in die deutsche Sprachwissenschaft, Heidelberg 1981

Hennig Brinkmann, Die deutsche Sprache. Gestalt und Leistung, 2. A. Düsseldorf 1971

Joachim Buscha s. Gerhard Helbig - Joachim Buscha

Ingerid Dal, Kurze deutsche Syntax auf historischer Grundlage, 3. A. Tübingen 1966

Duden. Grammatik der deutschen Gegenwartssprache, 3. A. Bearbeitet von Paul Grebe unter Mitwirkung von Helmut Gipper, Max Mangold, Wolfgang Mentrup und Christian Winkler, Duden Band 4, Mannheim / Wien / Zürich 1973

Einführung in die Grammatik und Orthographie der deutschen Gegenwartssprache. Von einem Autorenkollektiv unter Leitung von K.-E. Sommerfeldt, G. Starke, D. Nerius, Leipzig 1981

Johannes Erben, Deutsche Grammatik. Ein Abriß, 12. A. München 1980

Walter Flämig s. Grundzüge einer deutschen Grammatik

Helmut Gipper s. Duden. Grammatik

Hans Glinz, Die innere Form des Deutschen. Eine neue deutsche Grammatik, 6. A. Bern und München 1973

Paul Grebe s. Duden. Grammatik

Grundzüge einer deutschen Grammatik. Von einem Autorenkollektiv unter der Leitung von Karl Erich Heidolph, Walter Flämig und Wolfgang Motsch, Berlin 1981

Karl Erich Heidolph s. Grundzüge einer deutschen Grammatik

Gerhard Helbig - Joachim Buscha, Deutsche Grammatik. Ein Handbuch für den Ausländerunterricht, 6. A. Leipzig 1980

Walter Jung, Grammatik der deutschen Sprache. Neuausgabe. Bearbeitet von Günter Starke, 6. A. Leipzig 1980

Max Mangold s. Duden. Grammatik

Wolfgang Mentrup s. Duden. Grammatik

Wolfgang Motsch s. Grundzüge einer deutschen Grammatik

D. Nerius s. Einführung in die Grammatik und Orthographie

Hermann Paul, Deutsche Grammatik, I-V, Tübingen 1968 (Nachdruck der 1. A. von 1916 - 1920)

Peter Pauly s. Rolf Bergmann - Peter Pauly - Michael Schlaefer

Michael Schlaefer s. Rolf Bergmann - Peter Pauly - Michael Schlaefer

Wilhelm Schmidt, Grundfragen der deutschen Grammatik. Eine Einführung in die funktionale Sprachlehre, 5. A. Berlin 1977

K.-E. Sommerfeldt s. Einführung in die Grammatik und Orthographie

Die deutsche Sprache, Kleine Enzyklopädie, I-II, Leipzig 1969 - 1970

G. Starke s. Einführung in die Grammatik und Orthographie

– s. Walter Jung, Grammatik der deutschen Sprache

Christian Winkler s. Duden. Grammatik

1. Phonologie und Orthographie des Vokalismus

Aussprache und Schreibung in der deutschen Gegenwartssprache

Wichtige Befunde der Phonologie und Orthographie der deutschen Gegenwartssprache können von folgenden Beispielen aus gewonnen werden:

Hände	*alt - älter - am ältesten*	
behende	*die Eltern*	
Leib	*Lid*	*nehmen*
Laib	*Lied*	*geben*

In den geschriebenen Beispielwörtern ordnen sich verschiedene Schreibungen von Vokalen einander zu, und zwar im Hinblick auf die jeweils gleiche Aussprache: Der Buchstabe *i* in *Lid* und die Buchstaben *ie* in *Lied* geben jeweils denselben langen *i*-Laut in der Schrift wieder; entsprechendes gilt für *eh* in *nehmen* und *e* in *geben, ei* in *Leib* und *ai* in *Laib* usw.
Die Bezugsebene im Bereich der gesprochenen Sprache für die neuhochdeutsche Orthographie ist die kodifizierte Aussprachenorm der deutschen Gegenwartssprache. Ungeachtet verschiedener regionaler Aussprachebesonderheiten ist in der Aussprachenorm z.B. für *Leib* und *Laib* diesselbe Aussprache festgelegt:

Laib lɑep

Leib lɑep

aus: Siebs. Deutsche Aussprache. Reine und gemäßigte Hochlautung mit Aussprachewörterbuch. Herausgegeben von Helmut de Boor, Hugo Moser und Christian Winkler, 19. A. Berlin 1969, S. 326, 330.

Die Beispielpaare lassen erkennen, daß Schreibung und Aussprache in der deutschen Gegenwartssprache nicht im Verhältnis einfacher Entsprechung zueinander stehen. Um die hier ansatzweise erkennbaren komplizierten Verhältnisse zu verstehen, muß der Bereich der Aussprache phonetisch und phonologisch beschrieben werden. Im Bereich der Schreibung müssen die in der Orthographie wirksamen Prinzipien aufgedeckt werden.

Phonetische Grundlagen

Die Laute können unter dem Gesichtspunkt ihrer Erzeugung, der Artikulation, beschrieben werden, die der unmittelbaren Beobachtung zugänglich ist. Zur genaueren Bezeichnung der tatsächlich gesprochenen Laute verwendet man – etwa im Ausspracheworterbuch – sogenannte Lautschriften. (Die Wiedergabe der Aussprache in Lautschrift wird in eckige Klammern gesetzt).
Die Vokale werden im Hinblick auf die Aussprachenorm des Deutschen durch folgende artikulatorischen Eigenschaften charakterisiert:

Kürze oder Länge der Artikulation:
[ɛ] in *Ärger* – [ɛ:] in *Ähre;*

tiefe oder mittlere oder hohe Zungenlage:
[a:] in *Wahl* – [e:] in *Ehre* – [i:] in *Wiese;*

vordere oder hintere Erhöhung der Zunge in Richtung auf den vorderen Gaumen (palatal) bzw. auf den hinteren Gaumen (velar):
[i:] in *Wiese* – [u:] in *Mut;*

gerundete oder nicht gerundete Lippenstellung:
[ø:] in *Öl* – [e:] in *Mehl;*

offener oder geschlossener Kieferwinkel:
[ɛ:] in *Ähre* – [e:] in *Ehre.*

Neben den einfachen Kurz- und Langvokalen stehen Diphthonge, die durch verbundene Artikulation zweier verschiedener Vokale entstehen: [ae] in *Leib*, [ao] in *Laub*, [ɔø] in *neu.*
Mit der Kenntnis der phonetischen Grundlagen und der Lautschrift wird es nun möglich, die Verhältnisse in den Beispielpaaren zu beschreiben: Der betonte Vokal in *Hände* und *behende, älter* und *Eltern* ist identisch; es ist der kurze, mittlere, vordere, ungerundete offene Vokal [ɛ] .

Phonologische Grundlagen

Die Laute werden auch unter dem Gesichtspunkt ihrer Funktion für die Bedeutung der Wörter beschrieben. Diese Funktion wird da besonders deutlich erkennbar, wo die Umgebung verschiedener Laute identisch ist, wo sich Wörter also nur in einem Laut unterscheiden:

Hand - Hund, Wind - Wand [a] - [u] , [ɪ] - [a]
Kosten - Kasten, liegen - lügen [ɔ] - [a] , [iː] - [yː]

Solche Wortpaare heißen Minimalpaare, da sie den kleinstmöglichen Unterschied zwischen zwei Wörtern aufweisen. Unter diesem Aspekt der Bedeutungsunterscheidung werden die Laute als Phoneme bezeichnet. Phoneme sind die kleinsten bedeutungsunterscheidenden Einheiten der Sprache. Phoneme schreibt man meist mit den gewöhnlichen Buchstaben des Alphabets, die in Parallelstriche gestellt werden: */a/* und */u/* bezeichnen die Phoneme *a* und *u*, wie sie in dem Minimalpaar *Hand - Hund* erkannt werden können. Im Hinblick auf den durch sie gegebenen Wortunterschied stehen */a/* und */u/* in Opposition zueinander.
Die Wörter *Lid* und *Lied* bilden demnach kein Minimalpaar, da in beiden das gleiche Phonem */ī/* enthalten ist. Sie werden nur orthographisch unterschieden.

Phonemermittlung

Die Phoneme werden über die Aufstellung von Minimalpaaren ermittelt. Die im neuhochdeutschen Vokalsystem vorhandenen Phoneme ergeben sich beispielsweise aus folgenden Minimalpaaren:

Kurzvokale	/i/	/ü/	/u/		/e/	/ö/	/o/	/a/
Opposition der Kurzvokale	*bitter*		*Butter*					
		Hülle			*Helle*	*Hölle*		*Halle*
	Kisten						*Kosten*	*Kasten*
Opposition der Kurz- und Langvokale	*bitten*	*füllen*	*muß*		*Vetter*	*Hölle*	*offen*	*laß*
	bieten	*fühlen*	*Mus*		*Väter*	*Höhle*	*Ofen*	*las*
Opposition der Langvokale	*liegen*	*lügen*	*lugen*	*legen* *Ehre*	*lägen* *Ähre*	*lögen*	*logen*	*lagen*
Langvokale	/ī/	/ǖ/	/ū/	/ē/	/ǟ/	/ȫ/	/ō/	/ā/

Das Phonemsystem der Vokale

Die vokalischen Phoneme des Neuhochdeutschen können in ihrem systematischen Zusammenhang erkannt und dargestellt werden, wenn ihre unterscheidende Wirkung in den Minimalpaaren genauer untersucht wird.
Minimalpaare wie *Hölle - Höhle, füllen - fühlen, laß - las, muß - Mus* usw. führen zu der Beobachtung, daß hier jeweils Vokale gleicher oder doch sehr ähnlicher Qualität in Opposition zueinander stehen. Die Bedeutungsdifferenzierung wird nicht wie etwa in dem Minimalpaar *Hand-Hund* durch verschiedene Vokale gelei-

stet, sondern durch ein bestimmtes Merkmal des jeweils selben Vokals. So steht in *Höhle - Hölle* /ö/ in Opposition zu /ö/. Kürze und Länge des *ö* erweisen sich als unterscheidende, als distinktive Merkmale.

Für die systematische Darstellung der Vokalphoneme des Neuhochdeutschen werden also die artikulatorischen Merkmale der Vokale zugrunde gelegt, soweit sie für die Opposition der Phoneme relevant sind, d. h. soweit sie bedeutungsunterscheidend wirken.

Die Kurzvokalphoneme tragen gleichzeitig alle das Merkmal 'offen'. Für die Darstellung ihres Teilsystems sind daher die Merkmale vorn/hinten, ungerundet/gerundet, hoch/mittel/tief zu berücksichtigen.

	vordere		hintere
	ungerundete	gerundete	
hohe	/*i*/	/*ü*/	/*u*/
mittlere	/*e*/	/*ö*/	/*o*/
tiefe		/*a*/	

Für die hinteren Vokalphoneme /*u*/ und /*o*/ kann ihr Merkmal ‚gerundet' unberücksichtigt bleiben, da es hier keine distinktive Funktion hat. Bei dem Phonem /*a*/ ist seine mehr vordere oder mehr hintere Artikulation ohne phonologische Relevanz.

Das Langvokalsystem entspricht dem Kurzvokalsystem insofern, als alle Langvokalphoneme, bis auf das Phonem /*ǟ*/, das Merkmal ‚geschlossen' tragen:

	vordere		hintere
	ungerundete	gerundete	
hohe	/*ī*/	/*ǖ*/	/*ū*/
mittlere	geschlossen: /*ē*/	/*ȫ*/	/*ō*/
	offen: /*ǟ*/		
tiefe		/*ā*/	

/*ǟ*/ als einziges offenes Langvokalphonem stört die Symmetrie der beiden Teilsysteme von geschlossenen Langvokalen und offenen Kurzvokalen. In größeren Teilen des deutschen Sprachgebiets wird dieser Vokal in der Aussprache allerdings nicht von /*ē*/ unterschieden, so daß die Annahme eines Phonems /*ǟ*/ nicht unproblematisch ist.

Neben den Kurzvokalen und den Langvokalen stehen in der deutschen Gegenwartssprache drei Diphthonge, die in folgenden Minimalpaaren erkennbar sind:

Leib : Laub *Laute : Leute* *Eule : Eile*

/*ae*/	/*ao*/	/*oö*/

Die Orthographie der Kurzvokale

Bei der schriftlichen Aufzeichnung von Sprache, die nicht mittels der Lautschrift, sondern nach den Regeln der jetzt gültigen Rechtschreibnorm erfolgt, sind die Phoneme die Bezugsgröße. Buchstaben oder Buchstabenkombinationen, die jeweils ein Phonem schriftlich wiedergeben, sollen als Grapheme bezeichnet werden. Grapheme werden durch spitze Klammern gekennzeichnet, z.B. < a > .
In bezug auf das Kurzvokalsystem gilt in der gegenwärtigen Orthographie aufs ganze gesehen ein phonologisches Prinzip, wonach einem Phonem ein Graphem zugeordnet ist. Eine Nebeneinanderstellung von Phonemsystem und Graphemsystem gibt aber bereits eine charakteristische Besonderheit wieder:

Phonemsystem	Graphemsystem
/i/ /ü/ /u/	*<i> <ü> <u>*
/e/ /ö/ /o/	*<e>, <ä> <ö> <o>*
/a/	*<a>*

Für die Wiedergabe des Phonems */e/* stehen zwei Grapheme *< e >* und *< ä >* zur Verfügung. Die zu Beginn genannten Beispiele können das der Verwendung der *< ä >* -Graphie zugrundeliegende Prinzip veranschaulichen:

Hand - Hände

alt - älter - am ältesten

Der Vergleich mit *behende* und *Eltern* zeigt, daß in *Hände, älter* statt *< ä >* auch *< e >* stehen könnte. Das Graphem *< ä >* ist bei der Festlegung unserer Rechtschreibnorm gewählt worden, damit die bedeutungsmäßige Zusammengehörigkeit der Wortformen *Hand - Hände, alt - älter* auch in der Schreibung augenfällig wird. Sofern durch die orthographische Regelung Bedeutungsbeziehungen sichtbar gemacht werden sollen, kommt in der Orthographie ein semantisches Prinzip zum Tragen. Die Verfügbarkeit des Graphems *< ä >* ermöglicht dann eine durchgehende orthographische Kennzeichnung derartiger Zusammenhänge bei allen umlautfähigen Kurzvokalen: *Hand - Hände, alt - älter,* neben *Kopf - Köpfe, Duft - Düfte, oft - öfter, jung - jünger.*
Das semantische Prinzip wirkt hier im Zusammenhang von Pluralbildung und Steigerung, also innerhalb der Morphologie; es wird daher auch in diesem engeren Sinne vom morphologischen Prinzip der Orthographie gesprochen.

Die Orthographie der Diphthonge

Für zwei der drei Diphthonge stehen jeweils zwei Grapheme zur Verfügung:

/ae/	*< ei >*	*< ai >*
/ao/	*< au >*	
/oö/	*< eu >*	*< äu >*

Das Nebeneinander von <*eu*> und <*äu*> entspricht dem Nebeneinander von <*e*> und <*ä*> bei den Kurzvokalen. Die Verwendung des <*äu*> ist durch das morphologische Prinzip geregelt: *heute* – *Häute* wegen *Haut*.
Das Nebeneinander der Grapheme <*ei*> und <*ai*> wird ebenfalls im Sinne des semantischen Orthographieprinzips genutzt. In dem Beispielpaar *Leib* und *Laib* werden mit Hilfe der Grapheme <*ei*> und <*ai*> Wörter, also Einheiten der lexikalischen Ebene, unterschieden. Diese Anwendung des semantischen Prinzips wird daher enger als lexikalisches Prinzip bezeichnet.

Die Orthographie der Langvokale

Bei den Langvokalen stehen für jedes Phonem mehrere Grapheme zur Verfügung:

Phonemsystem			Graphemsystem
/ī/	/ǖ/	/ū/	<*i*> <*ih*> <*ie*> <*ü*> <*üh*> <*u*> <*uh*>
/ē/	/ȫ/	/ō/	<*e*> <*eh*> <*ee*> <*ö*> <*öh*> <*o*> <*oh*><*oo*>
/ǟ/			<*ä*> <*äh*>
	/ā/		<*a*> <*ah*> <*aa*>

Drei Typen von Längenbezeichnung sind erkennbar:

Einfache Schreibung bei allen Vokalen
h-Zusatz bei allen Vokalen
Doppelschreibung bei *e,o,a,* der die *ie*-Schreibung zugeordnet werden kann.

Phonem	einfache Schreibung	Längenzeichen *h*	Doppelschreibung	Längenzeichen *e*
/ī/	*Lid*	*ihm*	–	*Lied*
/ē/	*Weg*	*Sehne*	*Beet*	–
/ǟ/	*träge*	*Mähne*	–	–
/ā/	*Tag*	*Fahrt*	*Saal*	–
/ō/	*Lot*	*Lohn*	*Moos*	–
/ȫ/	*schön*	*Höhle*	–	–
/ū/	*Mut*	*Huhn*	–	–
/ǖ/	*Blüte*	*Bühne*	–	–

Das Auftreten der einzelnen Schreibungen ist durch die Wirkung des phonologischen und des semantischen Prinzips bestimmt, ohne daß die Wahl der jeweiligen Schreibung vorhersagbar wäre.

In dem Beispielpaar *Lid* und *Lied* werden zwei Grapheme im Sinne des lexikalischen Prinzips verwendet. Weitere Beispiele sind etwa: *Moor* - *Mohr, Wal* - *Wahl.* Die Verwendung der Längenzeichen *h* und *e* in <*ie*> läßt sich mit Hilfe der historischen Phonologie erklären. Die *ie*-Schreibung wird aus dem Zusammenhang der Vokalentwicklungen vom Mittelhochdeutschen zum Neuhochdeutschen verständlich.

Vokalentwicklungen vom Mittelhochdeutschen zum Neuhochdeutschen

Bei einem Vergleich etymologisch identischer Wörter des Mittelhochdeutschen und des Neuhochdeutschen lassen sich innerhalb des Vokalismus die folgenden Lautveränderungen erkennen:

a) Senkung von hohen zu mittleren Vokalen:

mhd. *günnen*	nhd. *gönnen*
hüle	*Höhle*
sunne	*Sonne*
sun	*Sohn*

b) Hebung von tiefen Vokalen:

mhd. *māne*	nhd. *Mond*

c) Rundung:

mhd. *zwelf*	nhd. *zwölf*
reren	*röhren*
lewe	*Löwe*
finf	*fünf*
māne	*Mond*

d) Entrundung:

mhd. *küssen*	nhd. *Kissen*
nörz	*Nerz*

e) Dehnung mittelhochdeutscher Kurzvokale in offener Silbe:

mhd. *geben*	nhd. *geben*
nemen	*nehmen*
übel	*übel*
bote	*Bote*
klagen	*klagen*

f) Kürzung mittelhochdeutscher Langvokale in geschlossener Silbe:

mhd. *hērlīh*	nhd. *herrlich*
brāhte	*brachte*

g) Diphthongierung der mittelhochdeutschen Langvokale /ī/, /ǖ/, /ū/:

mhd. *mīn*	nhd. *mein*
niuwez (ü)	*neues*
hūs	*Haus*

h) Monophthongierung der mittelhochdeutschen Diphthonge /ie/, /üe/, /uo/:

mhd. *liebe*	nhd. *liebe (ī)*
guote	*gute*
brüeder	*Brüder*

i) Senkung der mittelhochdeutschen Diphthonge /ei/, /öu/, /ou/:

mhd. *weinen (ei)*	nhd. *weinen (ae)*
fröude	*Freude*
boum	*Baum*

Vielfach zeigt ein Wort mehrere Veränderungen gleichzeitig, so etwa *Löwe* Rundung und Dehnung gegenüber *lewe*, *Mond* Rundung und Hebung gegenüber *mǣne*. Durch diese Lautveränderungen ist das neuhochdeutsche Vokalsystem aus dem mittelhochdeutschen entstanden.

Die Veränderungen der Vokalsysteme vom Mittelhochdeutschen zum Neuhochdeutschen

Die Auswirkungen, die die vokalischen Veränderungen für das phonologische System haben, werden bei einer Gegenüberstellung des mittelhochdeutschen und neuhochdeutschen Phonemsystems deutlich.

Die Kurzvokalsysteme:

mhd.

/i/	/ü/	/u/
/ẹ/ /ë/ /ä/	/ö/	/o/
/a/		

nhd.

/i/	/ü/	/u/
/e/	/ö/	/o/
/a/		

Die Langvokalsysteme:

mhd.

/ī/	/ǖ/	/ū/
/ē/ /ǟ/	/ȫ/	/ō/
/ā/		

nhd.

/ī/	/ǖ/	/ū/
/ē/ /ǟ/	/ȫ/	/ō/
/ā/		

Die Diphthongsysteme:

mhd.

/ie/	*/üe/*	*/uo/*
/ei/	*/öu/*	*/ou/*

nhd.

/ae/	*/oö/*	*/ao/*

Die Entstehung der <e> / <ä> -Schreibung

Das Mittelhochdeutsche hat drei verschiedene mittlere vordere Kurzvokale */ẹ/*, */ë/*, */ä/*, die verschieden offen artikuliert werden. In der mittelhochdeutschen Orthographie werden */ẹ/* und */ë/* beide *<e>* geschrieben (z.B. *hende* mit */ẹ/* und *herze* mit */ë/*). */ä/* wird *<ä>* geschrieben (z.B. *geslähte*).
Die drei Laute fallen in dem einen neuhochdeutschen Phonem */e/* zusammen. Die beiden im Mittelhochdeutschen auf verschiedene Laute bezogenen Schreibungen *<e>* und *<ä>* stehen im Neuhochdeutschen zur Wiedergabe des einen Phonems */e/* zur Verfügung. Die neue Regelung der Schreibung folgt nicht mehr dem phonologischen Prinzip. Die *<ä>* -Schreibung wird zur Kennzeichnung morphologischer Zusammenhänge genutzt (z.B. *Hand - Hände*).

mhd.			nhd.		
hende	*<e>*	*/ẹ/*		*<ä>*	*Hände*
herze	*<e>*	*/ë/*	*/e/*	*<e>*	*Herz*
geslähte	*<ä>*	*/ä/*		*<e>*	*Geschlecht*

Das Mittelhochdeutsche hat zwei verschiedene mittlere vordere Langvokale */ē/* und */ǟ/*, die verschieden offen artikuliert werden. In der mittelhochdeutschen Orthographie wird */ē/* durch *<e>* und */ǟ/* durch < æ > bezeichnet (z.B. *wenec, sælec, gæbe*).
Die beiden Laute fallen zunächst in dem einen neuhochdeutschen Phonem */ē/* zusammen. Die Schreibung wird nach dem morphologischen Prinzip neu geregelt, wobei wie im Kurzvokalismus die Grapheme *<e>* und *<ä>* verwendet werden: *wenig, selig; gäbe* (zu geben, gab).
Aus dieser unterschiedlichen Schreibung hat sich im Neuhochdeutschen sekundär eine erneute Aufspaltung in ein geschlossenes */ē/* und ein offenes */ǟ/* ergeben.

Der Phonemzusammenfall bei den Diphthongen und die <ei> / <ai> -Schreibung

Den sechs mittelhochdeutschen Diphthongen stehen im Neuhochdeutschen nur noch drei gegenüber. Die Diphthonge */ie/*, */üe/*, */uo/* sind durch die neuhochdeutsche Monophthongierung zu Langvokalen geworden. Die Diphthonge */ei/*, */öu/*, */ou/* bleiben als Diphthonge erhalten, werden aber zu */ae/*, */oö/*, */ao/* gesenkt und fallen dadurch in der neuhochdeutschen Schriftsprache mit dem Ergebnis der neuhochdeutschen Diphthongierung zusammen. Dadurch werden im Mittelhochdeutschen bestehende Oppositionen im Neuhochdeutschen aufgehoben:

mhd. *wīz* 'weiß' (Farbe) : *weiz* '(ich/er) weiß'

nhd. *weiß*

mhd. *tūbe* 'Taube' : *toube (ōren)*

nhd. *die Taube, taube (Ohren)*

Die durch den Phonemzusammenfall entstandene lautliche Identität von vorher unterschiedenen Wörtern wird im Neuhochdeutschen in einigen Fällen orthographisch getrennt. Dazu wird das neben dem Graphem <*ei*> in Gebrauch gekommene Graphem < *ai* > verwendet. In der Verteilung der Grapheme wirkt das lexikalische Prinzip der Orthographie.

mhd.		nhd.	
<*i*>	/*ī*/	/*ae*/	<*ei*>
<*ei*>	/*ei*/		<*ai*>

mhd. *sîte*	>	nhd. *Seite*
seite	>	*Saite*
wîse	>	*Weise*
weise	>	*Waise*
lîp	>	*Leib*
leip	>	*Laib*

Die Entstehung der < ie > -Schreibung

Wie die Beispielgruppe *liebe guote brüeder – liebe gute Brüder* zeigt, ist die Monophthongierung der mittelhochdeutschen Diphthonge /*ie*/, /*üe*/, /*uo*/ in der Schreibung des /*ī*/ nicht berücksichtigt worden. Für das neuhochdeutsche Phonem /*ī*/ wird in zahlreichen Wörtern die historische Schreibung <*ie*> verwendet.

mhd. *hier, schief, miete, brief, fieber, ziegel, bieten, fliegen, liebe, liet, tief*
nhd. *hier, schief, Miete, Brief, Fieber, Ziegel, bieten, fliegen, Liebe, Lied, tief*

Der Buchstabe *e* erhält auf diese Weise die Funktion der Längenkennzeichnung bei dem Phonem /ī/. Die Schreibung <*ie*> wird dann auch in Wörtern verwendet, in denen sie nicht historisch begründet ist. Das Phonem /ī/ ist in diesen Wörtern aus der Dehnung eines mittelhochdeutschen Kurzvokals /i/ in offener Silbe entstanden.

mhd. *gibel, kisel, ligen, nider, rise, wigen, zwibel*
nhd. *Giebel, Kiesel, liegen, nieder, Riese, wiegen, Zwiebel*

Die Verwendung des Buchstaben *h* zur Kennzeichnung von Langvokalen ist aus den Entwicklungen des Vokalismus vom Mittelhochdeutschen zum Neuhochdeutschen noch nicht erklärbar. Sie beruht auf Entwicklungen im Konsonantismus.

Literaturhinweise: Vgl. Kapitel 2!

2. Phonologie und Orthographie des Konsonantismus

Das Phonemsystem der Konsonanten

Die konsonantischen Phoneme der deutschen Gegenwartssprache werden wie beim Vokalismus durch Minimalpaarbildung ermittelt:

Bach : Dach : Schach
Tal : Schal : kahl
mein : dein : Schein : kein : Hain
Besen : Wesen : lesen
Lot : Los : Lohn usw.

Tat : Tal
Nase : Name
fegen : Regen : legen
Mast : Rast : Last

Die Konsonantenphoneme sind durch Merkmale charakterisiert, die auf der Artikulation der Phoneme beruhen. Die artikulatorischen Merkmale liegen der Darstellung des Konsonantensystems zugrunde.

In der Darstellung des Phonemsystems erscheinen in eckigen Klammern [ç] und [x] sowie [r] und [ʀ], die als Varianten je eines Phonems eingetragen sind. [r] ist Zeichen für mit der Zungenspitze gebildetes *r*, [ʀ] ist Zeichen für Zäpfchen *-r*. [r] und [ʀ] können in derselben Lautumgebung auftreten: 'Riese' [ri:zə], [ʀi:zə]. Die phonetische Opposition ist jedoch nicht bedeutungsdifferenzierend. [r] und [ʀ] sind Allophone, d. h. Varianten des Phonems */r/*; ihr Auftreten ist nicht phonetisch geregelt, sondern sprachgeographisch bedingt. Im Süden des deutschen Sprachgebietes ist Zungen-*r* [r] verbreitet, in anderen Gegenden Zäpfchen-*r* [ʀ].

Auch das Phonem */ch/* tritt in zwei verschiedenen phonetischen Varianten auf, einer palatalen [ç] und einer velaren [x]; vgl. z.B.: 'Licht' [liçt], 'lacht' [laxt]. Die palatale Variante tritt stets nach palatalen (vorderen) Vokalen auf, die velare nach velaren (hinteren) Vokalen. Die Varianten sind stellungsbedingt, können nicht in bedeutungsdifferenzierende Opposition treten und sind deshalb Allophone eines Phonems / [ç] [x] / beziehungsweise */ch/*.

Artikulationsart \ Artikulationsstelle und -organ		Lippenlaute: mit beiden Lippen	Lippenlaute: mit Unterlippe und oberen Schneidezähnen	Zahnlaute: mit dem Zungenrand am oberen Zahndamm	Zahnlaute: mit dem vorderen Zungenrücken am oberen Zahndamm	Gaumenlaute: mit dem Zungenrücken am Gaumen	Zäpfchenlaut	Kehllaut
Verschlußlaut	stimmlos	/p/ *Post*		/t/ *Tasse*		/k/ *Kasse*		
	stimmhaft	/b/ *Ball*		/d/ *Dach*		/g/ *Gans*		
Affrikata (Verschlußlaut und Reibelaut an derselben Stelle)		/pf/ *Pfanne*		/ts/ *Zahn*				
Reibelaut	stimmlos		/f/ *Fisch*	/sch/ *Schiff*	/s/ *Haus*	[ç], [x] *Bach*		/h/ *Haus*
	stimmhaft		/w/ *Wald*		/z/ *Dose*	/j/ *Jäger*		
Nasal (durch die Nase)		/m/ *Maus*		/n/ *Nase*		/ng/ *Ring*		
Lateral (mit seitlichem Luftstrom neben der Zunge)				/l/ *Lampe*				
Schwingungslaut				[r] *Rock*			[ʀ] *Rock*	

Das Graphemsystem der Konsonanten

Die wichtigsten Schreibungen der konsonantischen Phoneme sind im folgenden in der Anordnung des Phonemsystems dargestellt.

<*p*> <*pp*> <*b*> im Auslaut		<*t*> <*tt*> <*d*> im Auslaut			<*k*> <*ck*> <*kk*> <*g*> im Auslaut <*q*> in <*qu*> /*ks*/=<*chs*>, <*x*>		
<*b*> <*bb*>		<*d*> <*dd*>			<*g*> <*gg*>		
<*pf*>		<*z*> <*tz*>					
	<*f*><*ff*> <*v*>	<*sch*> <*s*>vor<*p*> <*s*>vor<*t*>	<*s*> <*ss*><*ß*> /*ks*/= <*x*>		<*ch*>		<*h*>
	<*w*> <*v*> <*u*>in<*qu*>			<*j*>			
<*m*> <*mm*>		<*n*><*nn*>			<*ng*> <*n*> in<*nk*>		
		<*l*> <*ll*>					
		<*r*><*rr*>				<*r*><*rr*>	

Für fast jedes Phonem stehen mehrere Grapheme zur Verfügung. Dabei sind einige sich wiederholende Prinzipien zu erkennen.

Doppelschreibung:

Die Verwendung von Doppelbuchstaben in Fällen wie *Lippe, Latte* usw. steht mit der Kürze des vorhergehenden Vokals in Verbindung und dient als indirekte Quantitätenbezeichnung.

< *b*>, <*d* >, <*g* >-Schreibung für /*p*/, /*t*/, /*k*/ im Auslaut,

Sonderregelungen für Phonemkombinationen wie z.B. < *x* > für /*ks*/,

Verwendung eines Graphems für mehrere Phoneme wie z.B. <*v*> für /*f*/, /*w*/, < *s* > für /*s*/, /*z*/.

Die Verhältnisse sind wie beim Vokalismus von den verschiedenen orthographischen Prinzipien bestimmt.

<b> , <d> , <g> für /p/, /t/, /k/ im Auslaut

Im Konsonantismus der deutschen Gegenwartssprache treten im Auslaut nur stimmlose Konsonanten auf. Ihnen entsprechen häufig inlautend stimmhafte Konsonanten, wie insbesondere im Nebeneinander von Flexionsformen desselben Wortes deutlich wird:

['ta:k] ['ta:gə]

<*Tag*> <*Tage*>

In der Orthographie werden entsprechend dem morphologischen Prinzip auch im Auslaut die sonst für die stimmhaften Konsonanten üblichen Zeichen verwendet; der Bestandteil *Tag-* erscheint so stets in derselben graphischen Gestalt. Entsprechendes gilt für Fälle wie *Hand – Hände, Leib – Leiber.*

Im Mittelhochdeutschen wurde demgegenüber in diesen Fällen eine streng phonologische Orthographie angewendet:

hant – hende

Die Orthographie der Phoneme /s/ und /z/

Die Verteilung der Phoneme /*s*/ und /*z*/ ist folgendermaßen geregelt:

Im Anlaut tritt nur /*z*/ auf.

Im Auslaut tritt nur /*s*/ auf.

Im Inlaut nach Vokal treten /*z*/ und /*s*/ auf.

In der Orthographie besteht daher zunächst nur im Inlaut eine Notwendigkeit für eine graphische Unterscheidung der Phoneme. /*z*/ wird im Inlaut durch <*s*> , /*s*/ durch <*ss*> , < *ß* > wiedergegeben: *reisen – reißen, Füße, Nüsse.* Das Graphem

< *s* > repräsentiert auch im Anlaut das Phonem */z/: Sonne.* Im Auslaut erscheint das Graphem < *s* > für das Phonem */s/* in vielen Fällen aufgrund des morphologischen Prinzips: *zu Hause – Haus.* Ebenso erscheint < *ß* > im Auslaut morphologisch bedingt: *Fuß.* Darüber hinaus erscheint < *ß* > im Auslaut auch in Fällen, in denen ihm inlautend <*ss*> entspricht: *Nuß.*
Wie die Beispiele *Füße – Nüsse* zu erkennen geben, erscheint im Inlaut <*ß*> für */s/* nach Langvokal und Diphthong, <*ss*> für */s/* nach Kurzvokal.

	Anlaut	Inlaut nach Vokal	Auslaut
/z/	<*s*> *Sonne*	<*s*> *reisen* *zu Hause*	
/s/		<*ss*> *Nüsse* <*ß*> *Füße* *reißen*	<*s*> *Haus* <*ß*> *Nuß* <*ß*> *Fuß*

Die Schreibungen der Phonemkombination /ks/

Für */ks/* treten folgende Schreibungen auf:

<*ks*> *links, Keks, Koks*
<*cks*> *Klacks, Knacks, stracks, Klecks, zwecks, augenblicks, Knicks, hinterrücks*
<*gs*> *alltags* (usw.), *halbwegs* (usw.), *flugs*
<*chs*> *Dachs, Lachs, Flachs, Fuchs, Luchs, Ochse, Wuchs, sechs, wachsen*
<*x*> *Hexe, fix, Jux, Nixe, Taxi, Mixer*

Ein Großteil dieser Schreibweisen läßt sich nach dem morphologischen Prinzip erklären:

Tag – Tage – alltags
Weg – Wege – halbwegs
Flug – Flüge – flugs

linke – linker – links
Kokerei – Koks

knacken – Knacks
Zweck – zwecks
Augenblick – augenblicks
knicken – Knicks
Rücken – hinterrücks

In manchen Fällen ist der morphologische Zusammenhang nicht ohne weiteres erkennbar wie bei *stracks*. Bei *Keks* handelt es sich um eine Anlehnung an die englische Ausgangsform *cakes*.

Die Schreibungen <*chs*> und <*x*> sind dagegen nicht nach dem morphologischen Prinzip ableitbar. Es handelt sich hier um ein aus der Gegenwartssprache nicht weiter erklärbares, historisch vermitteltes Graphemnebeneinander wie beispielsweise auch bei <*v*> für /*f*/ neben <*f*> und für /*w*/ neben <*w*>, <*dt*> neben <*tt*> usw.

h als Längenzeichen

Der Buchstabe *h* erscheint in verschiedenen Funktionen:

als Graphem <*h*> für das Phonem /*h*/
in den Graphemen <*ch*> <*sch*> für die Phoneme /*ch*/, /*sch*/
zur Kennzeichnung von Langvokalen

Diese Längenbezeichnung ist aus der historischen Phonologie zu erklären. Die neuhochdeutschen Wörter

Gemahl, Stahl, Dohle, zehn, nehmen, wahr, Bahn, fahren, wohnen

lauteten im Mittelhochdeutschen:

gemahel	*tāhele*	*wār*	*nemen*
stahel			*bane*
zehen			*varn*
			wonen

Den neuhochdeutschen Langvokalen entsprechen im Mittelhochdeutschen teils Kurzvokale, teils Langvokale. Ein Zusammenhang der *h*-Schreibung mit der Vokalquantität ist im Mittelhochdeutschen nicht erkennbar. *h* steht nach Kurzvokal *(stahel)* wie nach Langvokal *(tāhele)*. Andererseits fehlt *h* nach Kurzvokal *(nemen)* und Langvokal *(wār)*. Eine Erklärung ergibt sich aus einem Vergleich der im Mittelhochdeutschen und im Neuhochdeutschen mit *h* geschriebenen Wörter:

gemahel	*Gemahl*
stahel	*Stahl*
tāhele	*Dohle*
zehen	*zehn*

In allen Fällen steht *h* in der mittelhochdeutschen Form intervokalisch; der ihm folgende schwach betonte Vokal *e* fehlt in der neuhochdeutschen Form. An dieser Veränderung der Graphie wird eine Lautveränderung erkennbar: /*h*/ ist in intervokalischer Stellung verstummt; die beiden Silben wurden kontrahiert, wobei der

Vokal *e* der zweiten Silbe ausfiel, während der Vokal der ersten Silbe gedehnt wurde, wenn er nicht ohnehin schon lang war.
Während die Beseitigung des Vokals *e* graphisch berücksichtigt wurde, ist das *h* weiterhin geschrieben worden. Durch die im Vokalismus eingetretene Dehnung stand dieses *h* nunmehr in allen Fällen nach einem Langvokal. Der Buchstabe *h*, der in der phonetischen Realisierung keine Entsprechung mehr hatte, wurde als Bezeichnung der Länge des vorhergehenden Vokals aufgefaßt.
In dieser Funktion wurde er dann auch in Wörtern verwandt, die ursprünglich kein *h* enthielten, in denen aber ein durch Dehnung in offener Silbe entstandener oder ursprünglicher Langvokal bezeichnet werden sollte:

nemen	*nehmen*
bane	*Bahn*
varn	*fahren*
wonen	*wohnen*
wār	*wahr*

Die Entwicklung des *h* zu einem graphischen Zeichen entspricht der Entwicklung des mittelhochdeutschen *e* in dem Diphthong */ie/* zum graphischen Zeichen für Länge des */ī/*.

Literaturhinweise zu Phonologie und Orthographie

R. Bergmann - P. Pauly - M. Schlaefer, Einführung in die deutsche Sprachwissenschaft, S. 25 - 38.
Duden. Grammatik, Nr. 1 - 105.
Einführung in die Grammatik und Orthographie, S. 240 - 288.
J. Erben, Deutsche Grammatik, § 29 - 45.
Grundzüge einer deutschen Grammatik, S. 898 - 993.
W. Jung, Grammatik der deutschen Sprache, Nr. 1095 - 1151.
H. Paul, Deutsche Grammatik, I.
Die deutsche Sprache, II, S. 752 - 833.

Vgl. ferner die bei R. Bergmann - P. Pauly - M. Schlaefer, Einführung in die deutsche Sprachwissenschaft, Auswahlbibliographie, Nr. 82 - 96, 175 - 178, genannte Literatur, insbesondere Nr. 91: Marthe Philipp, Phonologie des Deutschen, Stuttgart - Berlin - Köln - Mainz 1974.

3. Wortbildung durch Komposition

Bau und Bedeutung von Komposita

In dem folgenden Gedicht von P.P. Althaus werden Bau und Bedeutung von zusammengesetzten Wörtern auf überraschende Weise neu gesehen.

Dr. Enzian
füttert Lachtauben
mit Weintrauben
in dem Glauben
oder vielmehr Wahn,
daß durch Diät
mit Weintrauben
den Lachtauben
das Lachen vergeht.

Falls die Versuche gelingen,
will er probieren,
mit Kichererbsen den Tieren
das Lachen wieder beizubringen.

Was er sich von dem Ganzen verspricht,
verrät er Laien nicht.

aus: Peter Paul Althaus, Traumstadt und Umgebung. Sämtliche Gedichte, München o.J., S. 83.

Im Mittelpunkt des Gedichtes stehen die drei bedeutungsmäßig aufeinander bezogenen Zusammensetzungen

Lachtauben
Weintrauben
Kichererbsen.

Die Gedichtaussage beruht auf dieser Beziehung der Erstelemente untereinander. Die überraschende Verwendung dieser Erstelemente wird dadurch ermöglicht, daß die Zweitelemente gerade nicht abweichend vom üblichen Sprachgebrauch verwendet werden:

Lachtauben sind Tauben
Weintrauben sind Trauben
Kichererbsen sind Erbsen.

Dem Zweitelement kommt eine grundlegende Bedeutung für das ganze Wort zu.

Die Funktion des Grundwortes in Komposita

Die drei Komposita in dem Gedicht sind ihrer Wortart nach Substantive; ihr Genus ist jeweils Femininum; sie stehen im Plural.
Der Vergleich mit den Singularformen zeigt, daß das Kompositum flektiert wird, indem nur am Zweitelement eine Flexionsendung auftritt. Der Vergleich mit dem Zweitelement zeigt, daß das Kompositum in der Wortart und im Genus mit den Zweitelementen übereinstimmt. Das Wort *Lachtaube* ist ein feminines Substantiv, weil das Wort *Taube* ein feminines Substantiv ist. Das Zweitelement legt die Wortart des Kompositums fest; bei substantivischem Zweitelement bestimmt es zugleich das Genus des Kompositums. Die Flexion des Kompositums erfolgt am Zweitelement. Im Hinblick auf diese Funktionen des Zweitelements im Kompositum wird das Zweitelement Grundwort genannt.
Die Zusammensetzungen *windstill, graublau, kochfest, radfahren, entgegengehen* sind dementsprechend Adjektive bzw. Verben, weil ihre Grundwörter diesen Wortarten angehören.

Die Bedeutungsbeziehung zwischen Erstelement und Grundwort

Die Bedeutung des Kompositums wird von Erstelement und Grundwort gemeinsam bestimmt. Die Bedeutung des Kompositums *Lachtaube* wird in einem Wörterbuch folgendermaßen beschrieben:

> **lach-, Lach-** ['lax-]: ... **~taube,** die: *Taube mit gelblichbraunem Gefieder u. schwarzem Band über dem Nacken, deren Ruf an ein dumpfes Lachen erinnert;* Ü sie ist eine L. (veraltet; *sie lacht gerne*);

aus: Duden. Das große Wörterbuch der deutschen Sprache in sechs Bänden, IV, Mannheim/Wien/Zürich 1978, S. 1616.

Die Funktion des Erstelements für die Bedeutung des Kompositums wird im Vergleich mit anderen Komposita deutlich, die im Grundwort übereinstimmen:

Taube	*Turteltaube*
Erdtaube	*Hohltaube*
Brieftaube	*Baumtaube*
Schweiftaube	*Mähnentaube*
Schopftaube	*Felsentaube*
Kropftaube	*Frauentaube*
Lauftaube	*Warzentaube*
Zugtaube	*Zahntaube*
Lachtaube	*Krontaube*
Papageitaube	*Tontaube*
Spiegeltaube	*Wandertaube*
Ringeltaube	*Girrtaube*
Trommeltaube	*Mönchstaube*
Tummeltaube	*Felstaube*

Friedenstaube *Posttaube*
Fruchttaube *Holztaube*

aus: Erich Mater, Rückläufiges Wörterbuch der deutschen Gegenwartssprache, Leipzig 1967, S. 35.

Die durch das gemeinsame Grundwort *Taube* gegebene Bedeutung wird durch die Erstelemente differenziert. Das Erstelement bestimmt die Bedeutung des Grundwortes näher, so daß die Bedeutung des Kompositums jeweils gegenüber der Bedeutung des Grundwortes spezifiziert erscheint. Im Hinblick auf diese Funktion wird das Erstelement Bestimmungswort genannt. Der in diesen Beispielen vorliegende Kompositionstyp wird im Hinblick auf die Bedeutungsbeziehung zwischen Bestimmungswort und Grundwort Determinativkompositum genannt.

Die Kompositionsfuge

Bei der Analyse der *-taube*-Bildungen bleibt in einigen Fällen neben Bestimmungswort und Grundwort ein Element übrig, das zwischen den beiden Bestandteilen steht:

Mähne - n - taube
Frau - en - taube
Warze - n - taube
Mönch -s - taube
Frieden-s - taube

Diese an der Verbindungsstelle von Bestimmungswort und Grundwort auftretenden Elemente nennt man Fugenelemente. Sie zeigen eine formale Übereinstimmung mit Flexionselementen, wie weitere Beispiele veranschaulichen können:

Arbeits - s - amt
Gott - es - haus
herz - ens - gut
Hund - e - futter
Bild - er - buch
Hühn - er - ei

Daneben stehen zahlreiche Komposita ohne Fugenelement:

Haus - tür
Wein - flasche

Das Beispiel *Arbeitsamt* zeigt, daß das Fugenelement nicht in direktem Zusammenhang mit der Flexion des Bestimmungswortes zu sehen ist. Das Femininum *Arbeit* kennt keine Flexionsendung *-s*. Das Fugenelement kann daher jedenfalls hier keine flexivische Bedeutung – etwa 'Genitiv' – in die Bedeutung des Kompositums einbringen.

In anderen Fällen stimmen die Fugenelemente dagegen mit der Flexion der Bestimmungswörter überein; sie sind wenigstens teilweise sogar an die Flexion gebunden: Das Fugenelement *er* tritt nur bei Bestimmungswörtern auf, die den Plural mit *-er* bilden, wie z. B. *Huhn – Hühnerei.* Es fragt sich, ob in solchen Fällen das Fugenelement für die Bedeutung des Kompositums eine Rolle spielt.

Die Möglichkeiten der Determination

Die Art der Determination kann durch eine syntaktische Paraphrasierung aufgedeckt werden; dabei werden in der Paraphrase Bestimmungswort und Grundwort in die Beziehung gesetzt, in der sie in dem Kompositum stehen:

Weinflasche: '*Flasche* zur Aufbewahrung von *Wein*'
Hundefutter: '*Futter* zur Ernährung von *Hunden*'
Bilderbuch: '*Buch*, das hauptsächlich *Bilder* enthält'
Hühnerei: 'das *Ei* des *Huhns*'

Das letzte Beispiel macht deutlich, daß das Fugenelement nicht seine flexivische Bedeutung in das Kompositum einbringt, anders als bei der Zusammenrückung, bei der eine flektierte Wortgruppe fest verbunden wird: *das Hohelied.* Zugleich wird bereits erkennbar, daß im Determinativkompositum eine große Fülle von Beziehungen zwischen Bestimmungswort und Grundwort ausgedrückt werden kann. Die Paraphrase der *-taube*-Bildungen könnte diesen Befund noch verdeutlichen.

Die überaus wichtige Funktion dieses Bildungstyps der deutschen Gegenwartssprache wird von J. Erben am Beispiel der Komposition aus zwei Substantiven folgendermaßen beschrieben:

> „Offensichtlich bietet die deutsche Zusammensetzung des Typus „Substantiv + Substantiv" bequeme Möglichkeiten der knappen umrißhaft andeutenden Benennung. Sie ist eine ökonomische Ausdrucksform, die anstelle sehr komplexer syntaktischer Verbindungen gebraucht und zur Wiedergabe sehr verschiedenartiger logischer Beziehungen genutzt werden kann. Das grundwörtlich Genannte hat (enthält)/tut/betrifft/schafft das vom Bestimmungswort Genannte, es entsteht/ besteht daraus / geschieht dadurch / ist ein Teil davon / ist wie dieses / ist darin (wirksam) / ist bestimmt dafür / dient dazu oder schützt davor u.ä."

aus: Johannes Erben, Einführung in die deutsche Wortbildunglehre, Grundlagen der Germanistik 17, Berlin 1975, S. 62.

Die Vielfalt der möglichen Bedeutungsbeziehungen erlaubt es, beispielsweise durch eine bestimmte Einbettung in einen Kontext, anstelle der gewohnten, eine neue Bedeutungsbeziehung ins Spiel zu bringen:

Dr. Enzian
füttert Lachtauben
mit Weintrauben ...

Der Bildungstyp Determinativkompositum ermöglicht es durch seine prinzipielle Offenheit, eine Bedeutungsbeziehung herzustellen, die zunächst nicht bestand:

Die *Kichererbse* wird in diesem Kontext als *Erbse*, die zum *Kichern* veranlaßt, verstanden.

Unabhängig von diesem speziellen Kontext steht das Wort *Kichererbse* im Hinblick auf sein Bestimmungswort in der Gegenwartssprache isoliert. Grundwort und Bestimmungswort in *Kichererbse* sind nicht durch eine Paraphrase in ihrer Bedeutungsbeziehung aufzuhellen. Das formal als Kompositum erkennbare Wort ist hinsichtlich seiner Bedeutung als Einheit anzusehen. Derartige Bildungen nennt man lexikalisiert oder idiomatisiert; vgl. beispielsweise auch *Lindwurm*, *Himbeere* usw. Eine Aufdeckung der ursprünglichen Bedeutungsbeziehung ist nur durch sprachgeschichtliche Untersuchung möglich:

Das zunächst selbständige Wort *Kicher* ist aus lat. *cicer* entlehnt; ihm wurde später zur Verdeutlichung das Grundwort *-erbse* angefügt; das Verb *kichern* ist dagegen germanischer Herkunft.

Ein gemeinsames Kennzeichen der bisher beobachteten Komposita, auch der in dem Gedicht von P.P. Althaus in neue Zusammenhänge gestellten, ist die Übereinstimmung in der Bedeutung von Grundwort und Kompositum. Diese Übereinstimmung ist in der Weise gegeben, daß die Bedeutung des Kompositums als engere Bedeutung in der weiteren Bedeutung des Grundwortes enthalten ist. Dieses Bedeutungsverhältnis nennt man endozentrisch; es läßt sich durch die Weglaßprobe am Bestimmungswort zeigen: *Eine Lachtaube ist eine Taube.*

Die Possessivkomposita

Bei einer Reihe von Komposita führt die Weglaßprobe zu einem anderen Befund:

Rotkehlchen
Rothaut
Dreizack
Sechszylinder

Bestimmungswort und Grundwort stehen in diesen Komposita in demselben Determinationsverhältnis wie in den bisher behandelten. In diesem Sinne handelt es sich auch bei diesen Bildungen um Determinativkomposita.
Die Komposita bezeichnen aber etwas anderes als ihre Grundwörter bezeichnen. Auch hier kann durch eine Paraphrase, die das Bezeichnete mitberücksichtigt, das Bedeutungsverhältnis näher beschrieben werden:

Rotkehlchen: 'Vogel, der eine *rote Kehle* hat'
Rothaut: 'Mensch, der eine *rot* erscheinende *Haut* hat'
Dreizack: 'Speer, der *drei Zacken* hat'
Sechszylinder: 'Auto, dessen Motor *sechs Zylinder* hat'

Das Bezeichnete liegt hier außerhalb der Bedeutung des Grundwortes; dieses Bedeutungsverhältnis heißt exozentrisch. Das exozentrische Bedeutungsverhältnis läßt sich oft als Bezeichnung nach dem Besitz einer Eigenschaft verstehen. Exozentrika mit diesem speziellen Bedeutungsverhältnis heißen Possessivkomposita. In anderen Fällen liegen Übertragungen zugrunde: *Langfinger* bedeutet 'jemand, der lange Finger macht', 'Dieb'.
In bezug auf das Verhältnis der Kompositionsglieder zueinander besteht zwischen den Possessivkomposita und den endozentrischen Determinativkomposita Übereinstimmung in der Subordination des Bestimmungswortes unter das Grundwort. Die Reihenfolge der Kompositionsglieder ist daher nicht beliebig; eine Änderung der Reihenfolge ist mit einer Änderung der Bedeutung des Kompositums verbunden:

Weinflasche - Flaschenwein

Die Kopulativkomposita

Ein anderes Bedeutungsverhältnis von Erstglied und Zweitglied zeigen Komposita wie

Strichpunkt
naßkalt, taubstumm
dreizehn

Hier stehen beide Kompositionsglieder semantisch gleichwertig nebeneinander; die Bedeutungen beider ergeben gemeinsam die Bedeutung des Kompositums. Das Bedeutungsverhältnis dieser Komposita läßt sich als koordiniert bestimmen. Es kann durch eine Paraphrase verdeutlicht werden:

naßkalt: '*naß* und *kalt* zugleich'
Strichpunkt: '*Strich* und *Punkt* zusammen'

Bei den koordinierten Komposita ist unter semantischem Aspekt eine umgekehrte Reihenfolge der Glieder ohne Bedeutungsunterschied denkbar (*Strichpunkt* = *Punktstrich*), bei den subordinierten Komposita hingegen nicht.
Die koordinierten Komposita heißen Kopulativkomposita.

Übersicht über die Kompositionstypen

Die semantischen Typen der Komposita lassen sich folgendermaßen zusammenfassen:

<table>
<tr><td colspan="3">Bedeutungsverhältnis der Kompositionsglieder zueinander:</td></tr>
<tr><td rowspan="3">koordiniert:
Kopulativkompositum
Typ: Strichpunkt</td><td colspan="2">subordiniert:
Determinativkompositum</td></tr>
<tr><td colspan="2">Bedeutungsverhältnis des Kompositums zum Zweitglied:</td></tr>
<tr><td>endozentrisch:
Determinativkompositum (im engeren Sinn)
Typ: Haustür</td><td>exozentrisch:
Possessivkompositum
(als häufigster Fall)
Typ: Rotkehlchen</td></tr>
</table>

Analyse von Komposita

Bei der Analyse von Komposita sind die morphologischen und semantischen Aspekte der Bildung zu beschreiben. Dabei kommt der Zweigliedrigkeit prinzipielle Bedeutung zu. Dies wird sofort deutlich, wenn ein Kompositum scheinbar aus drei Elementen gebildet ist.

Beispiel: *Sparkassenbücher* (Text 7, Z. 5-6)
Bei der Analyse ist auf die Singularform zurückzuführen:

Sparkassenbücher

Sparkassenbuch — Umlaut und *-er*

Durch die Paraphrasierung werden Grundwort und Bestimmungswort erkennbar:
Sparkassenbuch: '*Buch* oder kleineres Heft, in dem eine *Sparkasse* oder eine Bank Ein- oder Auszahlungen von Sparbeträgen einträgt'
Bestimmungswort ist *Sparkasse*, Grundwort *Buch; -n* ist Fugenelement:

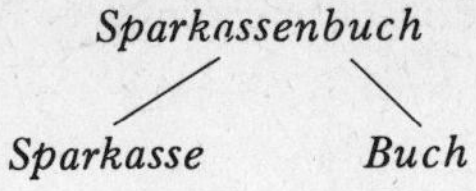

Das Bestimmungswort *Sparkasse* ist seinerseits ein Kompositum aus dem Grundwort *Kasse* und dem Verb *sparen* in der Form *spar-* als Bestimmungswort.

Sparkasse: '*Kasse* (Geldinstitut), bei der *gespart* wird'

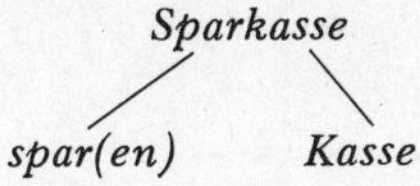

Sparkassenbuch ist ein endozentrisches Determinativkompositum; es besteht aus dem Grundwort *Buch* und dem Bestimmungswort *Sparkasse*, das seinerseits ein endozentrisches Determinativkompositum aus dem Grundwort *Kasse* und dem verbalen Bestimmungswort *spar(en)* ist:

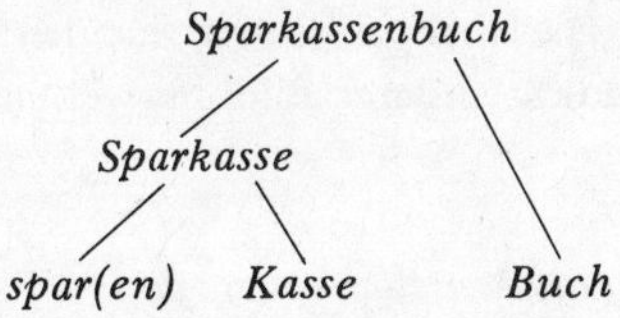

Kunsthochschulen (Text 8, Z. 9-10)
Der Singular *Kunsthochschule* läßt sich paraphrasieren als:

Hochschule für (bildende) *Kunst*

Das Grundwort *Hochschule* ist als Zusammensetzung erkennbar: Das Bestimmungswort ist das Adjektiv *hoch*, das Grundwort das Substantiv *Schule*. Die Bedeutung des zusammengesetzten Grundwortes *Hochschule* kann aber nicht ohne weiteres durch ein Paraphrase mit Hilfe der Bestandteile *hoch* und *Schule* ausgedrückt werden. Das Wort *Hochschule* ist bis zu einem gewissen Grade lexikalisiert.

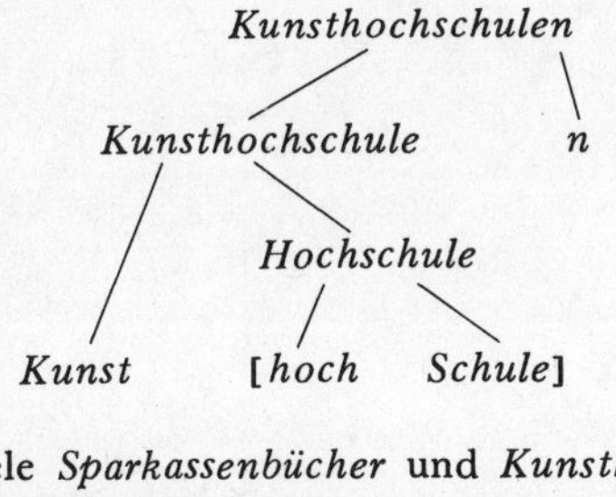

Die beiden Beispiele *Sparkassenbücher* und *Kunsthochschulen* zeigen die beiden Möglichkeiten dreiteiliger Komposita:

zusammengesetztes Bestimmungswort (A + B) + C
zusammengesetztes Grundwort A + (B + C)

Vierteilige Komposita können entsprechend aus der Verwendung dreiteiliger Bildungen als Bestimmungs- oder Grundwort oder auch aus der Komposition zweiteiliger Komposita entstehen:

Füll - feder - halter - tinte
[A + (B + C)] + D

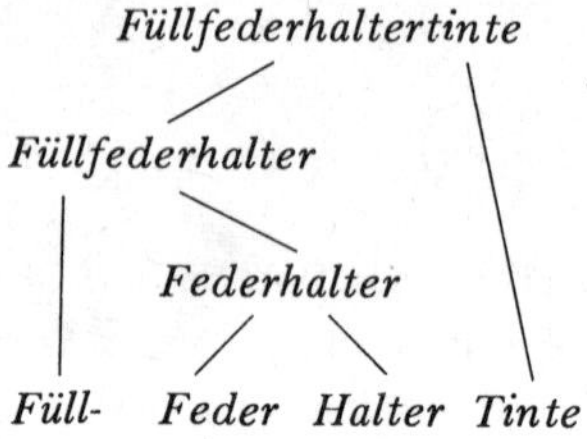

Der Bestandteil *Halter* ist auf seine Bildungsstruktur hin durchsichtig: Das Wort stellt sich zu dem Verb *halten*; es wird ein Bildungselement *-er* erkennbar. In Komposita können demnach Produkte anderer Bildungsweisen eingehen; vgl. beispielsweise:

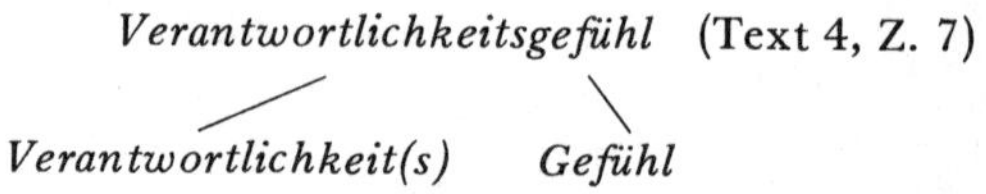

Eine weitere Analyse ist im Rahmen der Zusammensetzung nicht möglich.

Literaturhinweise: Vgl. Kapitel 4!

4. Wortbildung durch Derivation

Die Ableitung mit Präfixen und Suffixen

Die Wortbildungsstruktur des Bestimmungswortes *Verantwortlichkeit* in dem Kompositum *Verantwortlichkeitsgefühl* kann aufgrund von Paraphrasen aufgedeckt werden.

Verantwortlichkeit ist der Zustand des *Verantwortlichseins*
verantwortlich ist jemand, der etwas zu *verantworten* hat

Verantwortlichkeit ist demnach als Substantivbildung zum Adjektiv *verantwortlich* zu bestimmen, *verantwortlich* als Adjektivbildung zum Verb *verantworten*. Das Verb liegt der Adjektivbildung, das Adjektiv der Substantivbildung zugrunde; sie werden daher jeweils als Basis bezeichnet, die dazu gebildeten Wörter heißen Ableitungen oder Derivate; die Bildungsweise wird Ableitung oder Derivation genannt. Die Ableitungsmittel *-keit* und *-lich*, die jeweils am Ende der Ableitung erscheinen, werden Suffixe genannt. Das Suffix bestimmt die Wortart der Ableitung.

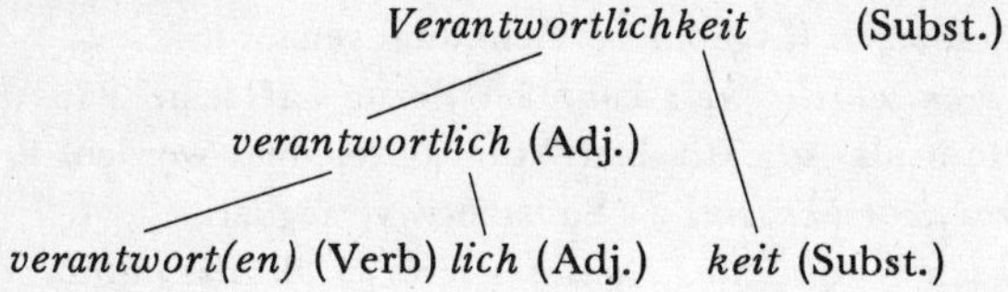

Die Basis *verantwort(en)* erweist sich in der Gegenüberstellung zu *beantworten* und *antworten* ebenfalls als Wortbildungsprodukt. Die Bildungsmittel wie *ver-* und *be-* stehen hier am Wortanfang; sie werden als Präfixe bezeichnet. Präfixe und Suffixe werden als Affixe oder auch als Wortbildungsmorpheme zusammengefaßt. Die Präfixbildungen sind wie die Basis *antworten* Verben; anders als die Suffixe verändern die Präfixe die Wortart der Basis nicht. Die semantische Funktion des Präfixes *ver-* läßt sich in dieser Bildung nicht näher bestimmen.

Substantivische Suffixbildungen

Substantivische Suffixbildungen können von verschiedenen Wortarten abgeleitet sein, wie die folgenden Beispiele zeigen:

Verantwortlichkeit (Text 4, Z. 7)
Erleichterung (Text 1, Z. 2)
Lehrer (Text 5, Z. 3)
Hausmeisterin (Text 1, Z. 1)

Verantwortlichkeit ist bereits als deadjektivische Ableitung bestimmt. *Erleichterung* ist dem Verb *erleichtern* zuzuordnen, *Lehrer* dem Verb *lehren*; es sind deverbale Ableitungen. *Hausmeisterin* stellt sich als desubstantivische Ableitung zu dem Substantiv *Hausmeister.*
Das Nebeneinander von *Erleichterung* und *Lehrer* zeigt, daß von verbalen Basiswörtern mit Hilfe verschiedener Suffixe verschiedene Bedeutungstypen abgeleitet werden können. Die Paraphrase erweist das Wort *Lehrer* als Bezeichnung dessen, der *lehrt.* Mit dem Wort *Lehrer* wird die Person bezeichnet, die die in dem Verb *lehren* bezeichnete Tätigkeit oder Handlung ausführt. Diesen Ableitungstypus nennt man nomen agentis.
Die Paraphrase der Bildung *Erleichterung* zeigt, daß hier andere Aspekte der verbalen Handlung bezeichnet werden:
Erleichterung ist die Bezeichnung der Handlung des *Erleichterns* selbst und die Bezeichnung des Ergebnisses der Handlung, des *Erleichtertseins.*
Deverbale Ableitungen dieses Typs heißen Verbalabstrakta. Nach ihrer speziellen Bedeutungsfunktion werden sie nomina actionis (Handlungs- oder Vorgangsbezeichnung) oder nomina acti (Ergebnisbezeichnung) genannt.
Der Bildungstyp *Verantwortlichkeit* kann im Bezug auf seine Basis in Analogie zum Verbalabstraktum als Adjektivabstraktum bezeichnet werden. Er macht die Eigenschaft des *Verantwortlichseins* als Substantiv verfügbar.
In der desubstantivischen Ableitung *Hausmeisterin* erfüllt das *in*-Suffix die Funktion, die Bezeichnung einer weiblichen Person der entsprechenden Bezeichnung einer männlichen Person zuzuordnen. Diese Ableitung von Feminina zu Maskulina nennt man Movierung.

Adjektivische Suffixbildungen

Adjektivische Suffixbildungen können von verschiedenen Wortarten abgeleitet sein, wie die folgenden Beispiele zeigen:

verantwortlich – *verantworten*
eßbar – *essen*

faulig – *faul*
seiden – *Seide*
lückenhaft – *Lücke*
schulisch – *Schule*

Diese Adjektive ordnen ihren jeweiligen Bezugswörtern Eigenschaften zu, die mit der jeweiligen Basis in verschiedenartiger Beziehung stehen können:

seidene Hemden – Hemden *aus Seide*
eßbare Früchte – Früchte, die *gegessen werden können*

Nach diesen Mustern können viele Bildungen mit den Suffixen *-en* und *-bar* paraphrasiert werden.
Demgegenüber ergibt sich bei Bildungen auf *-isch* oder *-lich* eine große Zahl verschiedener Paraphrasen. Die Bildungen mit diesen Suffixen drücken häufig keine feste Eigenschaft sondern eine allgemeinere Beziehung zu dem in der Basis Bezeichneten aus: *schulische* Fragen – *die Schule betreffende* Fragen
Die Adjektive dieses Bildungstyps werden im Hinblick auf ihre Funktion, bloße Beziehungen auszudrücken, Relativadjektive genannt.

Verbale Präfix- und Suffixbildungen

Verben werden von Substantiven und Adjektiven mit Hilfe der Suffixe *-en, -eln, -igen, -(is)ieren* abgeleitet:

filmen, faulen,
peinigen, festigen,
stückeln, frömmeln,
gastieren, afrikanisieren.

Das Suffix *-eln* leitet auch Verben von Verben ab: *hüsteln, lächeln.* Eindeutige Zuordnungen von Suffix und Bedeutungsfunktion sind nicht ohne weiteres erkennbar.
Differenzierende semantische Funktionen haben im Bereich der Verbbildung vor allem die Präfixe. Ornative Bedeutungsfunktion ('etwas mit etwas versehen') besitzen beispielsweise die Präfixe *be-* und *ver-:*

bebildern, bedachen, beflaggen, bepflanzen
verchromen, vergipsen, verglasen, vergolden, verkupfern

Den Ornativa sind systematisch die Privativa gegenübergestellt, die ausdrücken, daß etwas von etwas entfernt wird:

entkleiden, entasten, entfetten, entsteinen

Das Nebeneinander von *be-* und *ver-* in ornativer Funktion kann einen wichtigen allgemeinen Befund veranschaulichen. Eine semantische Funktion kann durch verschiedene Präfixe ausgedrückt werden.
Umgekehrt besitzt ein Präfix in der Regel mehrere semantische Funktionen. Das Präfix *ver-* bildet außer Ornativa auch Inchoativa und Resultativa. Inchoativa drücken einen Übergang in einen anderen Zustand aus:

verarmen, verblöden, vergreisen, vergletschern

Resultativa verweisen auf einen Abschluß eines Vorgangs:

verbrennen, vertrocknen, verdursten, verfaulen

Nicht alle Bildungen mit *ver-* lassen sich einer dieser Funktionen zuordnen. Daneben stehen Wörter, in denen *ver-* zwar als Präfix erkennbar ist, ihm aber keine klare Funktion mehr in bezug auf die Basis der Ableitung zugesprochen werden kann, wie z.B. in *verantworten, vergeben*. In der Basis *antworten* tritt wiederum ein ähnlicher Fall auf; die Basis *Wort* ist noch erkennbar, *ant-* aber nicht einmal mehr als Präfix identifizierbar. In den Wortbildungsprodukten der deutschen Gegenwartssprache liegen Ergebnisse früher produktiver und heute noch produktiver Bildungstypen nebeneinander vor. Die auf die Gegenwartssprache beschränkte Analyse begegnet daher sehr häufig ganz oder teilweise lexikalisierten Bildungen.

Grenzfälle zwischen Zusammensetzung und Ableitung

Die Bildung *Hochschulwesen* (Text 8, Z. 2) läßt sich zunächst als Zusammensetzung analysieren:

Hochschulwesen

Hochschul(e)   *Wesen*

Eine Paraphrase wie 'das *Wesen* der *Hochschule*' entspricht jedoch nicht der Bedeutung der Bildung. Sie läßt sich hinsichtlich ihrer Bedeutung nicht als Kompositum im Sinne eines der behandelten Kompositionstypen verstehen.

Im Hinblick auf das Element *-wesen* steht die Bildung in einer ganzen Reihe vergleichbarer Bildungen:

Bankwesen
Bibliothekswesen
Bildungswesen
Erziehungswesen
Filmwesen
Finanzwesen
Gesundheitswesen
Schulwesen

Das Zweitelement *-wesen* bildet reihenweise Substantive zu Substantiven. Die Bedeutung der *wesen*-Bildung fügt der Bedeutung des Ausgangswortes jeweils die Bezeichnung alles im Umkreis Dazugehörigen hinzu, wobei insbesondere der Aspekt der Institution ausgedrückt wird. Mit der *wesen*-Bildung werden also Kollektiva (Sammelbezeichnungen) gebildet. Der Bedeutungsfunktion nach erweisen die *wesen*-Bildungen sich somit als Ableitungen. Die formale Analyse als Zusammensetzung beruht darauf, daß das Ableitungselement auch als selbständiges Wort vorkommt. Die *wesen*-Bildung läßt sich aber eben nicht von der Bedeutung des Wortes *Wesen* her verstehen. Ableitungselemente wie *wesen*, die auch als selbständige Wörter vorkommen, dann aber eine andere Bedeutung haben, nennt man Halbsuffixe.
Andere Halbsuffixe in der Gegenwartssprache sind beispielsweise

-zeug: Badezeug, Strickzeug, Nähzeug, Spielzeug, Schreibzeug
-gut: Stückgut, Eilgut, Zollgut, Transitgut

Bildungen mit derartigen Halbsuffixen waren zunächst Zusammensetzungen. Das Grundwort erhielt dann reihenbildende Funktion und wurde zum Halbsuffix. Die Sprachgeschichte zeigt, daß diese Entwicklung bis zum gewöhnlichen Suffix weitergehen kann, indem das mit dem Halbsuffix identische selbständige Wort wegfällt. So sind beispielsweise die Suffixe *-schaft, -tum, -lich, -heit* entstanden.

Analyse von Ableitungen

Bei der Analyse von Ableitungen sind die morphologischen und semantischen Aspekte der Bildung zu beschreiben. Dabei kommt der genauen Unterscheidung der einzelnen Ableitungsschritte prinzipielle Bedeutung zu. Es empfiehlt sich, in aller Regel vom Wortende aus mit der Analyse zu beginnen.

(die) braunäugige (Ingrid) (Text 5, Z. 1)
Bei der Analyse ist von der Grundform des Adjektivs auszugehen. Vom Wortende aus betrachtet sind das Adjektivsuffix *-ig*, das Substantiv *Auge* und das Adjektiv *braun* erkennbar. Die Struktur der Bildung, bzw. die Zuordnung der Einzelelemente wird nur über eine Paraphrase, das heißt, von der Bedeutung der Bildung her bestimmbar. Die Paraphrase muß folgenden Bedingungen genügen: Sie muß die Basis der Bildung enthalten, sie muß die Bedeutungsfunktion der Ableitung ausdrücken. Dabei erweist es sich als praktisch, bei der Paraphrase die allgemeine Bedeutung der Wortart der Ableitung zu verdeutlichen. Adjektivbildungen werden daher zweckmäßigerweise in Form von Eigenschaftsaussagen umschrieben.

braunäugig – 'braune Augen habend'

Wie die Paraphrase zeigt, liegt der *-ig*-Bildung als Basis eine Wortgruppe zugrunde:

braunäugig

braune Augen *-ig*

Eine Analyse als Zusammensetzung *braun -äugig* ist semantisch und morphologisch nicht möglich, weil es kein Wort *äugig* gibt. Der Bildungstyp Ableitung von einer Wortgruppe wird Zusammenbildung genannt.

Unbebaubarkeit
Eine Analyse vom Wortende her führt zu folgenden Problemen:
Unbebaubarkeit - Zustand des '*unbebaubar*'-Seins
unbebaubar - läßt sich nicht so paraphrasieren, daß eine Basis *unbebau-* verwendet wird. Eine Paraphrase ist nur möglich, wenn *un-* als Präfix abgetrennt wird:

unbebaubar - nicht *bebaubar*

Eine entsprechende Zerlegung und Paraphrase ist auch bereits bei der Bildung *Unbebaubarkeit* möglich:

Unbebaubarkeit - Nicht-*Bebaubarkeit*

Das Präfix *un-* wird sowohl bei Substantiven wie bei Adjektiven verwendet.
Die adjektivische Basis der Bildung *Unbebaubarkeit* ist jedenfalls *bebaubar*, das weiter analysiert werden kann.
bebaubar - 'was *bebaut* werden kann'
bebauen - 'ein Gelände mit *Bauten* versehen'

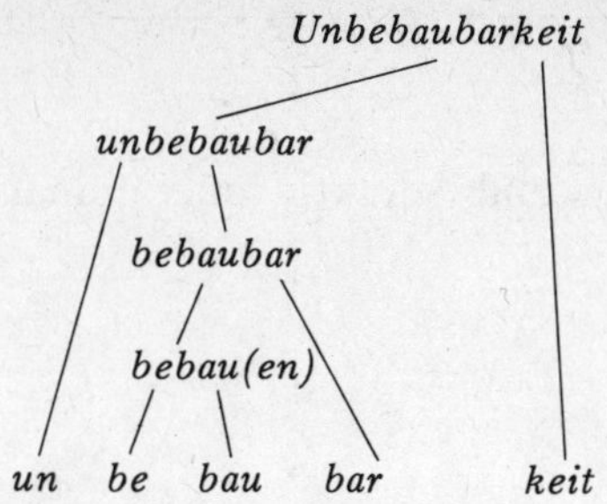

Das feminine Substantiv *Unbebaubarkeit* ist ein mit dem *keit*-Suffix gebildetes Adjektivabstraktum zur Basis *unbebaubar*. Das Adjektiv *unbebaubar* ist mit dem Negationspräfix *un-* zum Adjektiv *bebaubar* gebildet. Das Adjektiv *bebaubar* ist mit dem Suffix *-bar* von dem Verb *bebauen* abgeleitet und drückt die Möglichkeit des passivischen Vollzugs aus. Das Verb *bebauen* ist mit dem Präfix *be-* und mit den verbalen Flexionsendungen (ohne spezielles Suffix) von dem Substantiv *Bau* abgeleitet und hat eine ornative Bedeutungsfunktion.

Literaturhinweise zur Wortbildung

R. Bergmann - P. Pauly - M. Schlaefer, Einführung in die deutsche Sprachwissenschaft, S. 39 - 47.
H. Brinkmann, Die deutsche Sprache, S. 16 - 40, 116 - 138, 229 - 262.
Duden. Grammatik, Nr. 867 - 1085.
W. Jung, Grammatik der deutschen Sprache, Nr. 932 - 1094.
H. Paul, Deutsche Grammatik, V.
Die deutsche Sprache, I, S. 423 - 464.

Vgl. ferner die bei R. Bergmann - P. Pauly - M. Schlaefer, Einführung in die deutsche Sprachwissenschaft, Auswahlbibliographie Nr. 97, 100 - 103, 167, 179 - 183, genannte Literatur, insbesondere Nr. 101: Johannes Erben, Einführung in die deutsche Wortbildungslehre, Berlin 1975.

5. Die Flexion von Pronomen und Adjektiv im Nominalsyntagma

Das Nominalsyntagma

Bei der Analyse von Sätzen treten Wortgruppen mit Wörtern nominaler Wortarten (Substantive, Adjektive und Pronomina) auf, die sich beispielsweise durch Ersatzproben als syntaktische Einheiten bestimmen lassen.

Der berühmte Kämpfer trug nun Wasser (Text 2, Z. 18)
Er trug nun Wasser

Auf diese Weise lassen sich in demselben Text folgende weitere Gruppen ermitteln:

einem unehelichen Verhältnis (Z. 1 f.)
einer bemerkenswerten Stärke (Z. 4 f.)
eine weitläufige Landschaft (Z. 12)
große Taten (Z. 20)
einem zarten Frauchen (Z. 21)

Derartige zusammengehörige Wortgruppen nennt man Nominalsyntagmen. Ihr Zusammenhang wird durch die Flexion ausgedrückt. Zur Analyse derartiger Satzbestandteile ist deshalb eine systematische Behandlung der Flexion Voraussetzung.

Segmentierung und Klassifizierung von Flexionsmorphemen

Durch die Opposition aller entsprechenden Flexionsformen eines Nominalsyntagmas lassen sich die Flexionsendungen segmentieren, das heißt abtrennen:

der berühmte Kämpfer
des berühmten Kämpfers

einer bemerkenswerten Stärke
eine bemerkenswerte Stärke

große Taten
die großen Taten

Aus dieser Gegenüberstellung ergibt sich die Isolierung einer Grundform der Adjektive *berühmt, bemerkenswert, groß* und die Segmentierung von Flexionsendungen wie *-e, -en* usw. Diese Endungen lassen sich nach den Kategorien der Nominalflexion (Genus, Kasus, Numerus) als Flexionsmorpheme klassifizieren:

des berühmten Kämpfers Gen. Sing. Mask.
große Taten Akk. (oder Nom.) Plur. Fem.

Das Adjektiv zeigt als einzige Wortart in derselben Flexionsform verschiedene Morpheme: *groß - e Taten*
die groß - en Taten

Das Auftreten der verschiedenen Flexionsmorpheme ist offensichtlich von der Umgebung abhängig. Vor der Erarbeitung der betreffenden Regelung muß zunächst nach dem Bestand an Flexionsmorphemen beim Adjektiv gefragt werden.

Die Flexionsmorpheme des Adjektivs

Die zuletzt analysierten Nominalgruppen erbringen für den Nominativ und Akkusativ Plural Femininum die Morpheme *-e* und *-en*. Weitere zweifach vertretene Kasus sind Nominativ und Dativ Singular Maskulinum und Neutrum: *-er* und *-e*, *-es* und *-e*, *-em* und *-en*, Genitiv und Dativ Singular Femininum: *-er* und *-en*, Genitiv Plural *-er* und *-en*. Dagegen steht im Genitiv Singular Maskulinum und Neutrum und im Dativ Plural am Adjektiv stets *-en*, im Nominativ und Akkusativ Singular Femininum stets *-e*. Im ganzen ergibt sich folgendes Schema:

	Singular			Plural
	M.	F.	N.	M.F.N.
Nominativ	*-er/-e*	*-e*	*-es/-e*	*-e/-en*
Genitiv	*-en*	*-er/-en*	*-en*	*-er/-en*
Dativ	*-em/-en*	*-er/-en*	*-em/-en*	*-en*
Akkusativ	*-en*	*-e*	*-es/-e*	*-e/-en*

Artikelgebrauch und Adjektivendung

Die Frage nach einer Verteilungsregel stellt sich nur bei Doppelformen; im Hinblick auf das Nebeneinander von *große Taten – die großen Taten* ist sie an den Artikelgebrauch zu richten. Hier ergibt sich aus entsprechenden Nominalsyntagmen folgender Befund:
Steht kein Artikel, z.B. in *große Taten* treten in den Kasus, in denen zwei Endungen möglich sind, folgende Endungen auf:

M.Sing.	*-er,*	*-em*
F. Sing.	*-er,*	*-er*
N. Sing.	*-es,*	*-em,*
M.F.N.Plur.	*-e,*	*-er,*

Steht der bestimmte Artikel vor dem
anderen Endungen auf:

M.Sing.	*-e,*	*-en*	
F.Sing.	*-en,*	*-en*	
N.Sing.	*-e,*	*-en,*	*-e*
M.F.N.Plur.	*-en,*	*-en,*	*-en*

Die Endungen, die das Adjektiv nach bestimmtem Artikel zeigt, heißen traditionell schwach, die Endungen, die bei fehlendem Artikel stehen, heißen stark. In der Formentabelle stehen die starken Endungen an erster, die schwachen an zweiter Stelle.
Steht der unbestimmte Artikel vor dem Adjektiv, treten zum Teil starke, zum Teil schwache Endungen auf:

M. Sing.	*-er, en: ein berühmter Kämpfer, einem berühmten Kämpfer*
F. Sing.	*-en : einer bemerkenswerten Stärke*
N. Sing.	*-es, -en: ein zartes Frauchen, einem zarten Frauchen*

Der Artikelgebrauch gibt somit noch keine Verteilungsregel, die ausreicht, die Verwendung der jeweiligen Adjektivendung bei den verschiedenen Doppelformen zu beschreiben, da der unbestimmte Artikel Flexionsformen des Adjektivs aus der starken und aus der schwachen Flexion verlangt.

Artikelendung und Adjektivendung

starke Adjektivendung	schwache Adjektivendung
ein berühmter Kämpfer	*einem berühmten Kämpfer*
ein zartes Frauchen	*einem zarten Frauchen*
	einer bemerkenswerten Stärke

Nach unbestimmtem Artikel steht die starke Adjektivendung im Nominativ Maskulinum und Nominativ, Akkusativ Neutrum. Die Form des unbestimmten Artikels lautet *ein*. Im Dativ Maskulinum/Neutrum und Genitiv/Dativ Femininum steht die schwache Adjektivendung. Die Form des unbestimmten Artikels lautet *einem/einer*. In den Artikelformen *einem/einer* tritt im Unterschied zu *ein* eine starke Adjektivendung auf: Es steht *-em/-er* wie in *zartem/bemerkenswerter*, allerdings nicht im Adjektiv, sondern im Artikel.

Außer am Artikel finden sich diese Flexionsmorpheme auch an verschiedenen Pronomen wie am Demonstrativpronomen *dies- e*, am Possessivpronomen *ihr- es* usw. Es handelt sich offensichtlich um eine gemeinsame Flexion aller dem Substantiv vorausgehenden Begleitwörter, unter denen das Adjektiv nur mit seinen schwachen Endungen eine Ausnahme bildet. Die Regelung dieser Ausnahme gilt auch nach den Pronomen mit starker Endung:

ihrer besonderen Aufgabenstellung

Umgekehrt tritt die starke Endung nicht nur nach dem unbestimmten Artikel mit ϕ-Endung, sondern nach allen Pronomen mit ϕ-Endung auf:

ihr neu- er Freund *manch schön - e Frau*

Im ganzen ergibt sich folgendes Flexionssystem für die Begleitwörter des Substantivs. In dem Schema sind folgende Abkürzungen und Schreibweisen verwendet:

P = Pronomen und Artikel

A = Adjektiv

In Klammern stehen die schwachen Adjektivendungen, die nur nach vorhergehender starker Endung auftreten.

Numerus / Genus / Kasus	Singular: Maskulinum	Singular: Femininum	Singular: Neutrum	Plural
Nom.	$-er_P\ (-e_A)$ $-er_A$ $\phi_P\ -er_A$	$-e_{P,A}$ *die* $-\phi_P\ -e_A$	$-es_P\ (-e_A)$ *das* $-es_A$ $-\phi_P\ -es_A$	$-e_P\ (-en_A)$ *die* $-e_A$ $-\phi_P\ -e_A$
Gen.	$-es_P\ -en_A$	$-er_P\ (-en_A)$ $-er_A$	$-es_P\ -en_A$	$-er_P\ (-en_A)$ $-er_A$
Dat.	$-em_P (-en_A)$ $-em_A$	$-er_P (-en_A)$ $-er_A$	$-em_P (-en_A)$ $-em_A$	$-en_{P,A}$
Akk.	$-en_{P,A}$ $-\phi_P\ -en_A$	$-e_{P,A}$ *die* $-\phi_P\ -e_A$	$-es_P\ (-e_A)$ *das* $-es_A$ $-\phi_P\ -es_A$	$-e_P (-en_A)$ *die* $-e_A$ $-\phi_P\ -e_A$

Im Nominativ und Akkusativ ist die Möglichkeit der ø-Endung an manchen Pronomen berücksichtigt. Die Formen *die* und *das* des bestimmten Artikels werden als Varianten zu den entsprechenden *-e-* und *-es*-Morphemen aufgefaßt.
Auffällig in dem Flexionsschema ist, daß in einigen Positionen nur eine Endung an Pronomen und Adjektiv auftritt, so zum Beispiel im Akkusativ Singular Maskulinum. Darüber hinaus ist es eine Besonderheit, daß im Genitiv Singular Maskulinum und Neutrum stets dieselbe Adjektivendung erscheint. Die Besonderheiten lassen sich sprachhistorisch erklären.

Sprachhistorischer Befund

Im Althochdeutschen ist eine starke und eine schwache Adjektivflexion für alle Genera voll ausgeprägt, was hier am Maskulinum belegt sei:

Maskulinum		stark	schwach
Sing.	Nom.	*altēr*	*alto*
	Gen.	*altes*	*alten*
	Dat.	*altemo*	*alten*
	Akk.	*altan*	*alton*
Plur.	Nom.	*alte*	*alton*
	Gen.	*altero*	*altōno*
	Dat.	*altēm*	*altōm*
	Akk.	*alte*	*alton*

Für jeden Kasus sind im Althochdeutschen zwei Formen belegt. Die Doppelformen des Neuhochdeutschen lassen sich den althochdeutschen Formen ohne weiteres zuordnen:

	stark		schwach	
	ahd.	nhd.	ahd.	nhd.
Nom.Sing.M.	*altēr*	*alter*	*alto*	*alte*
Dat.Sing.M.	*altemo*	*altem*	*alten*	*alten*
Nom.Plur.M.	*alte*	*alte*	*alton*	*alten*
Gen.Plur.M.	*altero*	*alter*	*altōno*	*alten*
Akk.Plur.M.	*alte*	*alte*	*alton*	*alten*

Neben völliger Übereinstimmung althochdeutsch/neuhochdeutsch (*alte*) zeigen sich Veränderungen *altemo* > *altem, altero* > *alter, altōno* > *alten, altēr* > *alter.* Auslautender Vokal nach Konsonant der Endung ist ausgefallen (*altemo/altem, altero/alter, altōno/alten*); der Vokal *o/ō* der Endung ist zu *e* verändert *(alto/alte, alton/ alten); ē* in *altēr* wird zu kurzem *e*. Die Endungen wurden vom Althochdeutschen zum Neuhochdeutschen abgeschwächt.

Von diesem Befund aus ist es möglich, die Fälle mit nur einer Adjektivendung den althochdeutschen Formen zuzuordnen und zu bewerten:

	ahd.		nhd.
	stark	schwach	Einheitsform
Gen. Sing. M.	*altes*	*alten*	*alten*
Akk. Sing. M.	*altan*	*alton*	*alten*
Dat. Plur. M.	*altēm*	*altōm*	*alten*

Die Genitiv Singular-Form des Neuhochdeutschen erweist sich als schwach; es handelt sich um die lautgesetzliche Folgeform von ahd. *alten*. Bei den beiden anderen Formen, die im Neuhochdeutschen ebenfalls *alten* lauten, kann nicht entschieden werden, ob es sich um die lautgesetzliche Entwicklung von ahd. *altan* oder von *alton* bzw. von *altēm* oder von *altōm* handelt, ob also starke oder schwache Endungen vorliegen, da in allen Fällen das lautgesetzliche Entwicklungsprodukt im Neuhochdeutschen *alten* heißen muß. In der Entwicklung seit dem Althochdeutschen sind demnach für die im Neuhochdeutschen nur mit einer Endung versehenen Kasus zwei Fälle zu unterscheiden:

a) Durch lautgesetzliche Entwicklung fallen die starke und schwache Adjektivendung zusammen. Ob es sich im Neuhochdeutschen um starke oder schwache Formen handelt, kann nicht entschieden werden.

b) Auf eine von ursprünglich zwei Endungen wird verzichtet.

Die Aufgabe der starken Endung im Genitiv Singular Maskulinum (und Neutrum) wird verständlich, wenn man sieht, daß ein dem Adjektiv vorhergehendes Pronomen in diesem Kasus stets – anders als etwa im Nominativ – die starke Endung zeigt. In Syntagmen ohne Pronomen erscheint eine Genitivendung stets am Substantiv:

wegen schlechten Wetters

Diese Beobachtung weist voraus auf Zusammenhänge innerhalb des gesamten Nominalsyntagmas. Diese Zusammenhänge sind besonders bei der Numeruskennzeichnung zu berücksichtigen.
Die Endungskombination *-er*$_{P}$ *-en*$_{A}$ wird nur vom Numerus des Substantivs her identifizierbar als

Gen./Dat. Sing. *der bemerkenswerten Stärke*
Gen. Plur. *der bemerkenswerten Stärken*

Literaturhinweise

W. Admoni, Der deutsche Sprachbau, § 11.
O. Behaghel, Deutsche Syntax, I,§ 17 - 36, 108 - 140.
H. Brinkmann, Die deutsche Sprache, S. 48 - 59, 85 - 90.
I. Dal, Kurze deutsche Syntax, § 51 - 56, 74 - 77.
Duden. Grammatik, Nr. 358 - 380, 552 - 600, 642 - 728.
Einführung in die Grammatik und Orthographie, S. 111 - 127.
J. Erben, Deutsche Grammatik, § 281 - 331, 377 - 448.
H. Glinz, Die innere Form des Deutschen, S. 265 - 292.
Grundzüge einer deutschen Grammatik, S. 591 - 595, 615 - 631.
G. Helbig - J. Buscha, Deutsche Grammatik, S. 268 - 302, 314 - 352.
W. Jung, Grammatik der deutschen Sprache, Nr. 569 - 592, 688 - 749.
H. Paul, Deutsche Grammatik, II, § 119 - 125, 129 - 130.
W. Schmidt, Grundfragen der deutschen Grammatik, S. 175 - 184, 185 - 195.
Die deutsche Sprache, II, S. 882 - 896.

6. Die Flexion des Substantivs im Nominalsyntagma

Kasusmorpheme am Substantiv

Durch Opposition entsprechender Nominalsyntagmen lassen sich am Substantiv folgende Kasusmorpheme segmentieren und analog zu Artikel- und Adjektivmorphemen klassifizieren:

ihr neuer Freund- ϕ
ihres neuen Freund- es
ihrem neuen Freund- e
ihren neuen Freund- ϕ

Für maskuline Substantive im Singular ergeben sich zunächst die Kasusmorpheme *-ϕ*, *-es* und *-e*. Zu *-es* und *-e* finden sich regelmäßige Varianten: *-s* und *-ϕ*

des runden Käse- s *dem runden Käse- ϕ*
eines schönen Apfel- s *einem schönen Apfel- ϕ*

-es und *-s*, *-e* und *-ϕ* treten in einander ausschließender Verteilung auf, sind also komplementär distribuiert. Die *e*-haltige Endung steht nach Konsonant, außer wenn unbetontes *e* vorausgeht, die *e*-lose Endung nach Vokal und nach Konsonant, dem unbetontes *e* vorausgeht. Im Neutrum gelten dieselben Kasusmorpheme: *manchem alten Haus- e, einem zarten Frauchen- ϕ.*
Im Dativ Singular Maskulinum und Neutrum kann die Endung *-e* auch in den Fällen häufig wegfallen, in denen sie der Regel gemäß steht: *ihrem neuen Freund.*

Bei maskulinen Substantiven tritt noch ein weiteres Kasusmorphem in charakteristischer Verteilung auf:

eines guten Mensch- en *einem lustigen Affe- n*

-en steht bei diesen Substantiven nach konsonantischem Auslaut, *-n* nach *-e*-Auslaut. Das Morphem *-(e)n* tritt im Genitiv, Dativ und Akkusativ auf.

Feminine Substantive zeigen im Singular überhaupt keine Kasusmorpheme:

eine weitläufige Landschaft- ϕ *einer bemerkenswerten Stärke- ϕ*

Im Plural aller Genera erscheint nur im Dativ das Kasusmorphem *-n:*

auf seinen Zügen

Nach bestimmten Numerusmorphemen tritt *-n* nicht auf, so daß auch hier *-ϕ*-Morphem vorliegt:

die alten Autos- ϕ *den alten Autos- ϕ*

Die Kasusflexion hat demnach im Neuhochdeutschen folgendes Aussehen:

	Mask.	Mask. und Neutr.	Fem.	Plural Mask., Neutr., Fem.
Nom.	*-ϕ*	*-ϕ*	*-ϕ*	*-ϕ*
Gen.	*-(e)n*	*-(e)s*	*-ϕ*	*-ϕ*
Dat.	*-(e)n*	*-(e)*	*-ϕ*	*-(n)*
Akk.	*-(e)n*	*-ϕ*	*-ϕ*	*-ϕ*

Bei dieser Zusammenstellung ist ein Ausnahmetyp nicht berücksichtigt: *der Name, des Name- ns; das Herz, des Herz- ens.*

Im Vergleich mit den Flexionsmorphemen an Artikel und Adjektiv ist die Kasusflexion der Substantive nur schwach ausgeprägt.

Numerusmorpheme am Substantiv

In der Opposition zu den entsprechenden Singularformen, die stets ohne eigenes Numerusmorphem erscheinen, treten am Substantiv im Plural zahlreiche Numerusmorpheme auf, die nach Genera geordnet vorgeführt werden. Fremdwörter mit fremdsprachlichen Pluralbildungen werden dabei nicht berücksichtigt (z.B. *Solo - Soli*).

Maskulinum	Neutrum	Femininum
Bohrer- ϕ	*Segel- ϕ*	–
Tag- e	*Jahr- e*	*Mühsal- e*
Äpfel- ϕ	*Klöster- ϕ*	*Mütter- ϕ*
Gäst- e	*Flöß- e*	*Kräft- e*
Leib- er	*Bild- er*	–
Männ- er	*Büch- er*	–
Mensch- en	*Bett- en*	*Frau- en*
Affe- n	*Auge- n*	*Zunge- n*
Uhu- s	*Auto- s*	*Mutti- s*

Einige Fälle lassen sich nach der Regelung ihres Vorkommens zusammenfassen: *-e* erscheint nach Konsonant, dem unbetontes *-e* vorausgeht, in der *ϕ*-Variante (*Tag- e*/*Bohrer- ϕ*); dies gilt auch bei Umlaut des Vokals im Grundmorphem *(Gäst- e*/*Äpfel- ϕ)*. Die Fälle mit und ohne Umlaut lassen sich dagegen nicht zusammenfassen, da das Auftreten des Umlauts in *Gäste* gegenüber *Tage* nicht vorhersagbar ist. Dagegen ist das *-er*-Morphem in allen den Fällen mit Umlaut des Vokals im Grundmorphem verbunden, in denen dieser Vokal umlautfähig ist, so daß hier die Fälle *Leiber*/*Männer* zusammengefaßt werden können. *-en* und *-n* schließlich sind wiederum vom Auslaut abhängig: *-en* steht nach Konsonant, außer wenn unbetontes *-e* vorausgeht, *-n* nach Vokal *-e* und nach Konsonant, dem unbetontes *-e* vorausgeht (*die Menschen* / *Affen, Stacheln*).
Aufgrund dieser Zusammenfassung von Varianten ergibt sich folgendes Bild der Numerusflexion der Substantive; dabei bedeutet U Umlaut, runde Klammern kennzeichnen die Elemente, die auch fehlen können.

Mask. und Neutr.	Fem.
(-e)	*-e*
U*(+ -e)*	U*(+ -e)*
(U+) *-er*	
-(e)n	*-(e)n*
-s	*-s*

Im Vergleich zur Kasusflexion kann von einem Reichtum an Numerusmorphemen in der neuhochdeutschen Substantivflexion gesprochen werden. Die Numerusmorpheme des Substantivs wirken im Nominalsyntagma mit den vor allem am Artikel und Adjektiv auftretenden Kasusmorphemen zusammen und lösen so eine Reihe von Mehrdeutigkeiten auf. Das Nominalsyntagma *den spitzen Stachel* ist wegen des Fehlens des Pluralmorphems als Singularform und dann als Akkusativ Maskulinum bestimmt; *den spitzen Stacheln* ist wegen des Pluralmorphems eindeutig Dativ usw.

Die Kombination der Kasus- und Numerusmorpheme in den Flexionsklassen

Aufgrund der unterschiedlichen Verbindungen zwischen den Kasusflexionstypen und den Numerusmorphemen können verschiedene Flexionsklassen der Substantive aufgestellt werden. Das Kasusmorphem *-n* im Dativ Plural, das nur nach den Pluralmorphemen *(-e),* U *(+-e)* und (U+)*-er* auftritt, kann dabei unberücksichtigt bleiben. Die vorkommenden Kombinationen können an folgenden Substantiven erkannt werden:

Kasusflexion im Singular / Pluralmorpheme	Mask.	Mask. u. Neutr.		Fem.
	-ϕ, -(e)n	*-ϕ, -(e)s, -(e)*		*-ϕ*
(-e)	–	*Tag*	*Jahr*	*Mühsal*
		Bohrer	*Segel*	–
U *(+ -e)*	–	*Gast*	*Floß*	*Kraft*
		Apfel	*Kloster*	*Mutter*
(U+) *-er*	–	*Leib*	*Bild*	–
		Mann	*Buch*	–
-(e)n	*Mensch*	*Staat*	*Bett*	*Frau*
	Affe	*Stachel*	*Auge*	*Zunge*
-s	–	*Uhu*	*Auto*	*Mutti*

Die Flexionsklassen der Maskulina können verkürzt nach dem Genitiv bezeichnet werden. Maskuline Substantive mit dem Genitiv auf *-(e)n* haben im Plural stets *-(e)n*. Maskulina mit dem Genitiv auf *-(e)s* sowie alle Neutra gehören zu fünf verschiedenen Flexionsklassen je nach der Pluralbildung. Für feminine Substantive sind nach der Pluralbildung vier Klassen zu unterscheiden.

Die Flexionsklasseneinteilung spiegelt den Eindruck einer schwach vertretenen Kasusflexion und einer stark ausgebauten Numerusflexion insofern wider, als die Hauptunterscheidungen durch die Pluralmorpheme getroffen werden. Diese Flexionsverhältnisse der deutschen Gegenwartssprache sind als Ergebnis der sprachgeschichtlichen Entwicklung zu verstehen.

Die Kasusflexion in sprachhistorischer Betrachtung

Die sprachhistorische Behandlung wird hier auf die Feminina beschränkt, weil bei ihnen im Neuhochdeutschen fast keine Kasusflexive mehr vorliegen. Im Germanischen lassen sich hauptsächlich drei Klassen femininer Substantive unterscheiden: *ō-*, *i-* und *n-*Flexion. Die folgende Tabelle stellt die Flexion zweier Feminina der *ō-* und *n-*Flexion vom Althochdeutschen bis zum Neuhochdeutschen dar; ein Beispiel für die *i-*Flexion wird noch im Zusammenhang des Plurals besprochen werden.

		ahd.	mhd.	nhd.
ō-Klasse	Sing.Nom.	*lēra*	*lēre*	*Lehre*
	Gen.	*lēra*	*lēre*	*Lehre*
	Dat.	*lēru*	*lēre*	*Lehre*
	Akk.	*lēra*	*lēre*	*Lehre*
	Plur.Nom.	*lērā*	*lēre*	*Lehren*
	Gen.	*lērōno*	*lēren*	*Lehren*
	Dat.	*lērōm*	*lēren*	*Lehren*
	Akk.	*lērā*	*lēre*	*Lehren*
n-Klasse	Sing.Nom.	*zunga*	*zunge*	*Zunge*
	Gen.	*zungūn*	*zungen*	*Zunge*
	Dat.	*zungūn*	*zungen*	*Zunge*
	Akk.	*zungūn*	*zungen*	*Zunge*
	Plur.Nom.	*zungūn*	*zungen*	*Zungen*
	Gen.	*zungōno*	*zungen*	*Zungen*
	Dat.	*zungōm*	*zungen*	*Zungen*
	Akk.	*zungūn*	*zungen*	*Zungen*

Bei einem Vergleich der Kasusendungen in den einzelnen Sprachstufen werden verschiedene Arten von Veränderungen sichtbar, die sich unter zwei Gesichtspunkten zusammenfassen lassen: lautgesetzliche Veränderungen (Auslautgesetze, Endsilbenabschwächung) und nicht-lautgesetzliche Ausgleichserscheinungen.
Bereits im Althochdeutschen sind nicht alle Endungen lautgesetzlich aus dem Germanischen entwickelt, sondern z.T. aus Formenausgleich hervorgegangen. Besonders wichtig war im Hinblick auf die weitere Entwicklung die Übernahme der Genitiv Plural-Endung *-ōno* aus der *n*-Klasse in die ō-Klasse.
Das Mittelhochdeutsche ist vom Althochdeutschen vor allem durch die generelle Abschwächung der Endsilbenvokale zu *-e* unterschieden. Durch diese Entwicklung werden zahlreiche Endungen identisch. Das gleiche Ergebnis hat die bereits im Althochdeutschen einsetzende Veränderung eines auslautenden *-m* in einer Flexionsendung zu *-n; zungōm* und *zungūn* werden so identisch: *zungen.*
Durch diese Umwandlungen wird bereits im Mittelhochdeutschen ein Stand erreicht, von dem aus sich die Veränderungen zum Neuhochdeutschen begreifen lassen: Die ō-Stämme haben im ganzen Singular keine Kasusflexive. Die *n*-Flexion unterscheidet nur noch den Nominativ von den übrigen Kasus; sie wird im Neuhochdeutschen den ō- und *i*-Stämmen, wie *Kraft*, angeglichen, so daß nun alle Feminina endungslose Singulare haben. Im Plural zeigte die *n*-Flexion durchgehend nur das Pluralflexiv, jedoch keine Kasusflexive. Die ō-Flexion stimmte bereits im Genitiv und Dativ Plural mit der *n*-Flexion überein und fiel nun ganz mit ihr zusammen; die *i*-Flexion zeigte nur im Dativ Plural dieselbe Endung *-n* und blieb von den andern getrennt (*Kräfte*). Daher werden im Plural verschiedene

Klassen bei den Feminina unterschieden: In der einen hat der ganze Plural kein Kasusflexiv; in der andern ist der Dativ Plural bezeichnet (*Kräfte-n*).
Ähnliche Beobachtungen lassen sich auch bei einer sprachhistorischen Behandlung der Maskulina und Neutra machen. Die Entwicklung der Substantivflexion führt im ganzen zu einem weitgehenden Abbau der Kasusflexive, der zum Teil lautgesetzlich bedingt ist und durch Ausgleichserscheinungen noch verstärkt wird.

Die Numerusflexion in sprachhistorischer Betrachtung

Im Mittelhochdeutschen treten folgende Möglichkeiten der Pluralbildung auf, wobei Einzelheiten unberücksichtigt bleiben müssen:

	Mask.	Neutr.	Fem.
ϕ:	*die engel*	*diu wort*	*die gebe*
-e:	*die tage*		*die zîte*
U + *-ϕ:*	*die epfel*		
U + *-e:*	*die geste*		*die krefte*
U + *-er:*		*diu lember*	
-er:		*diu rinder*	
-n:	*die boten*	*diu herzen*	*die zungen*

Bei einem Vergleich mit dem Neuhochdeutschen fällt auf, daß im Mittelhochdeutschen der *-s*-Plural fehlt; dieses Morphem ist erst im Neuhochdeutschen aus niederdeutschen Wörtern wie *Wracks* und aus englischen und französischen Wörtern wie *Tunnels* und *Balkons* in die Substantivflexion eingedrungen.
Der Umlaut, der im Neuhochdeutschen ein besonders häufiges Pluralkennzeichen ist, fehlt im Mittelhochdeutschen nicht; doch ist das Auftreten seiner Kombinationen beschränkt:
U + *-er* tritt im Mittelhochdeutschen nur bei den Neutra auf, nicht auch – wie im Neuhochdeutschen – bei den Maskulina.
U + *-e* tritt im Mittelhochdeutschen nur bei Maskulina und Feminina auf, nicht auch – wie im Neuhochdeutschen – bei Neutra.
Weitere Unterschiede zeigen sich bei einer Berücksichtigung der Häufigkeit eines Morphems. (U +) *-er* tritt im Mittelhochdeutschen praktisch nur bei folgenden Wörtern auf: *diu bleter, eier, hüener, kelber, lember, rinder, rîser, reder, teler.* Im Neuhochdeutschen tritt dieses Morphem nicht nur bei den entsprechenden Wörtern *(Blätter, Eier, Hühner, Kälber, Lämmer, Rinder, Reiser, Räder, Täler)*, sondern auch bei zahlreichen weiteren Neutra auf, z.B.: *die Bücher, Wörter, Kleider, Kinder, Bilder, Dächer* usw.
Vom Mittelhochdeutschen zum Neuhochdeutschen zeigt sich also eine Ausweitung dieser bestimmten Pluralbildung auf andere Wörter desselben Genus; gleichzeitig wird die Bildungsweise auch auf Maskulina übertragen: *die Wälder, Leiber*

usw. Mit der häufigeren Verwendung dieses Morphems ist eine wichtige Veränderung vom Mittelhochdeutschen zum Neuhochdeutschen erfaßt. Ähnlich liegt der Fall bei dem Plural mit U (+ *-e*), *geste, epfel*, der im Neuhochdeutschen auch auf ein Neutrum übertragen wird *(Flöße)* und innerhalb der Maskulina an Häufigkeit gewinnt.

Zur Erklärung der Ausweitung der umlauthaltigen Plurale ist zu fragen, aus welchen Gründen die lautliche Erscheinung des Umlauts überhaupt mit der flexivischen Kategorie des Plurals verbunden worden ist.

Im Mittelhochdeutschen stehen bei den Maskulina Plurale nebeneinander, die sich vom Singular durch *-e* unterscheiden und teilweise Umlaut haben: *tag, gast - tage, geste.* Dieses Nebeneinander ist ausschließlich sprachgeschichtlich bedingt und lediglich Reflex von Lautveränderungen, die mit dem Numerus nichts zu tun haben. Das zeigt sich deutlich bei den Feminina der *i*-Flexion:

diu kraft	*die krefte*
der krefte	*der krefte*
der krefte	*den kreften*
die kraft	*die krefte*

Umgelautete und umlautlose Formen stehen innerhalb desselben Numerus Singular nebeneinander. Neben *krefte* kommt allerdings im Genitiv und Dativ Singular auch die analog zu Nominativ und Akkusativ Singular gebildete Form *kraft* vor. Da die umgelauteten Formen im Singular zum Neuhochdeutschen hin ganz beseitigt worden sind, wird bei den Feminina dieselbe Übereinstimmung zwischen Numerus-Opposition und Umlautverteilung erreicht, die bei Maskulina wie *gast - geste* aufgrund von älteren Ausgleichserscheinungen bereits vorlag. Dem Ausgleich bei den Feminina liegt die Auffassung des Umlauts als eines Pluralkennzeichens zugrunde.

Diese Übertragung einer grammatischen Funktion auf das (unter flexivischem Aspekt) zufällige Produkt einer Lautveränderung ist Ausgangspunkt einer weiteren wichtigen Entwicklung im deutschen Formensystem, der Ausweitung des Umlautes auch auf solche Wörter, denen er lautgesetzlich weder im Singular noch im Plural zukommt.

So hat eine ganze Reihe von Substantiven des Typs *tag - tage* im Neuhochdeutschen die Pluralbildung mit Umlaut angenommen; vgl. z.B.:

mhd.	*die boume*	nhd.	*die Bäume*
	stabe		*Stäbe*
	koche		*Köche*
	wolve		*Wölfe*

Sprachhistorisch zeigt die Pluralbildung mit der Ausweitung der Formenbildung am Substantiv die umgekehrte Tendenz wie die Kasusflexion mit ihrem Abbau der synthetischen Formenbildung am Substantiv. Der neuhochdeutsche Befund gibt sich somit bei der Kasusflexion als Reduzierung, bei der Numerusflexion als Erweiterung eines früheren Zustands zu erkennen.

Analyse von Nominalsyntagmen

Bei der Analyse von Nominalsyntagmen sind die beteiligten Wörter nach ihrer Wortart und nach den Flexionskategorien zu bestimmen.

ihres angenehmen Lächelns (Text 5, Z. 6)

Lächelns Gen. Sing. des neutralen Substantivs *Lächeln*. Das Genus ist mit dem Substantiv gegeben; das Flexionsmorphem *-s* kann im Hinblick auf die Pronominalform *ihres* nur Gen. Sing. sein.

Adjektiv und Pronomen haben von sich aus kein Genus als unveränderliches Merkmal; sie richten sich nach dem Genus des Substantivs.

ihres Gen. Sing. Neutr. des Possessivpronomens *ihr*

angenehmen ist von der Form her vieldeutig, in der Beziehung zu *ihres* und *Lächelns* jedoch eindeutig als Gen. Sing. Neutr. schwache Flexion des Adjektivs *angenehm* bestimmt.

Die Flexionsendungen aller drei Bestandteile dieses Syntagmas stimmen im Genus, Kasus und Numerus überein, sie sind kongruent. Diese Kongruenz ist das syntaktische Mittel der Konstruktion von Nominalsyntagmen.

am späten Nachmittag (Text 6, Z. 1)

Das erste Wort ist für die Bestimmung des Syntagmas maßgebend: Es ist verschmolzen aus der Präposition *an* und der starken Endung des Artikels im Dativ Singular Maskulinum oder Neutrum. Das Substantiv *Nachmittag* legt das Genus als Maskulinum fest; es zeigt die im Dativ häufige Weglassung des *-e*. Das Adjektiv *späten* hat die nach starker Endung zu erwartende schwache Endung.

Bestimmung: Präpositionalsyntagma im Dat. Sing. Mask., bestehend aus der Präposition *an*, an die die starke Endung *-m* angetreten ist, aus dem schwach flektierten Adjektiv *spät* und dem Substantiv *Nachmittag*.

diese Herrenbesuche (Text 6, Z. 4)

Nom. oder Akk. Plur. des Demonstrativpronomens *dieser* und des maskulinen Substantivs *Herrenbesuch*.

Der Kasus läßt sich ohne Berücksichtigung des Kontextes nicht eindeutig bestimmen. Erst die Feststellung der syntaktischen Funktion des Syntagmas kann zeigen, in welcher Kasusrolle es hier erscheint. In den beiden ersten Beispielen kann der Kasus dagegen jeweils ohne Berücksichtigung der syntaktischen Funktion des Syntagmas bestimmt werden.

Literaturhinweise

W. Admoni, Der deutsche Sprachbau, § 11, 14 - 23.
O. Behaghel, Deutsche Syntax, I, § 357 - 503 a.
R. Bergmann - P. Pauly - M. Schlaefer, Einführung in die deutsche Sprachwissenschaft, S. 120 - 124.
H. Brinkmann, Die deutsche Sprache, S. 1 - 84, 402 - 455.
I. Dal, Kurze deutsche Syntax, § 1 - 42.
Duden. Grammatik, Nr. 320 - 489.
Einführung in die Grammatik und Orthographie, S. 94 - 111.
J. Erben, Deutsche Grammatik, § 228 - 280.
H. Glinz, Die innere Form des Deutschen, S. 148 - 179.
Grundzüge einer deutschen Grammatik, S. 568 - 601.
G. Helbig - J. Buscha, Deutsche Grammatik, S. 194 - 268.
W. Jung, Grammatik der deutschen Sprache, Nr. 535 - 687.
H. Paul, Deutsche Grammatik, II, § 1 - 118.
W. Schmidt, Grundfragen der deutschen Grammatik, S. 96 - 174.
Die deutsche Sprache, II, S. 870 - 882.

7. Die Modusformen des Verbs und ihre Bedeutung

Die Kategorie der Modalität

Verbformen nehmen im Satz eine zentrale Stellung ein. Über die Flexionskategorie des Numerus (Singular, Plural) und der Person (1., 2., 3.) steht die Verbform in engerer syntaktischer Beziehung zu einem der nominalen Satzglieder. Durch die Flexionskategorien Tempus (Präsens usw.), Modus (Indikativ usw.) und Genus verbi (Aktiv, Passiv) legt der Sprecher die Satzbedeutung unter vielen Aspekten fest. Ein wichtiger Aspekt ist die der Aussage vom Sprecher beigelegte Gültigkeit; er wird als Modalität der Aussage bezeichnet. Derartige Modalitäten sind zum Beispiel 'Wahrscheinlichkeit', 'Gewißheit' usw. Der Sprecher kann ferner das in einem Satz ausgedrückte Geschehen unter Modalitäten wie Notwendigkeit, Möglichkeit usw. bezeichnen. Sprachliche Mittel zum Ausdruck der Modalität sind unter anderem Modaladverbien wie *wahrscheinlich, gewiß, notwendigerweise, vielleicht,* Modalverben wie *sollen, müssen*; am Verb wird die Kategorie der Modalität durch die Modusformen ausgedrückt: Indikativ, Konjunktiv I, Konjunktiv II und Imperativ.

Der Formenbestand des Konjunktivs

Die Moduskategorie tritt nicht isoliert als Flexion des Verbs auf; Verbformen sind stets auch tempusflektiert. In der Tempusflexion unterscheiden sie sich nach den morphologischen Mitteln der Formenbildung: Starke Verben bilden die Tempusformen mit Ablaut, einem regelhaften Wechsel des Wurzelvokals; schwache Verben bilden das Tempus Präteritum mit dem Dentalmorphem *-(e) t -*. Diese Verhältnisse sind bei der Beschreibung des Formenbestands des Konjunktivs zu berücksichtigen; mit Hilfsverben zusammengesetzte Verbformen bleiben hier außer Betracht.

Starkes Verb: *nehmen*

	Präsens	Präteritum
Indikativ	*ich nehme* *du nimmst* *er nimmt* *wir nehmen* *ihr nehmt* *sie nehmen*	*ich nahm* *du nahmst* *er nahm* *wir nahmen* *ihr nahmt* *sie nahmen*

	Präsens	Präteritum
Konjunktiv	*ich nehme*	*ich nähme*
	du nehmest	*du nähm(e)st*
	er nehme	*er nähme*
	wir nehmen	*wir nähmen*
	ihr nehmet	*ihr nähm(e)t*
	sie nehmen	*sie nähmen*

Im Präsens ist eine deutliche Endungsopposition nur in der 3. Pers. Sing. gegeben: *-t* (Indikativ) : *-e* (Konjunktiv). Die Oppositionen *-st : -est, -t : -et* in der 2. Pers. Sing. und Plur. haben eine geringere Bedeutung, da die Konjunktivformen *du nehmest, ihr nehmet* ungebräuchlich sind. Die 2. Pers. Sing. Konj. wird deutlicher durch den Wurzelvokal vom Indikativ unterschieden: *-i- : -e-*. Diese Opposition stützt auch zusätzlich die Unterscheidung der 3. Pers. Sing. In der 1. Pers. Sing. und Plur. unterscheiden sich die aufgeführten Konjunktivformen nicht vom Indikativ.
Der Vergleich mit einem anderen starken Verb, *reiten*, zeigt, daß eine Opposition im Wurzelvokal der 2. und 3. Pers. Sing. Ind. und Konj. im Präsens nicht immer vorliegt: *er reitet : reite* usw.

Im Präteritum sind zwei Konjunktivformen an der Endung erkennbar: 1., 3. Pers. Sing. Ind. *-ϕ* : Konj. *-e*. Das deutlichste Kennzeichen der Konjunktivformen bilden in dem vorliegenden Beispiel nicht die Endungen, sondern der Umlaut. Diese Konjunktivbezeichnung ist nur bei umlautfähigen Verben möglich. Bei dem Verbtyp *reiten* mit nicht-umlautfähigem Vokal unterscheiden sich nur 1. und 3. Pers. Sing. Konj. vom Ind. Die übrigen Formen stimmen mit dem Indikativ überein.

Schwaches Verb: *suchen*

	Präsens	Präteritum
Indikativ	*ich suche*	*ich suchte*
	du suchst	*du suchtest*
	er sucht	*er suchte*
	wir suchen	*wir suchten*
	ihr sucht	*ihr suchtet*
	sie suchen	*sie suchten*
Konjunktiv	*ich suche*	*ich suchte*
	du suchest	*du suchtest*
	er suche	*er suchte*
	wir suchen	*wir suchten*
	ihr suchet	*ihr suchtet*
	sie suchen	*sie suchten*

Vom Indikativ Präsens unterscheidet sich der Konjunktiv nur in der 3. Pers. Sing. durch die Opposition *-t : -e*. Die Opposition in der 2. Pers. Sing. und Plur. *-st : est, -t : -et* kann wegen der Ungebräuchlichkeit dieser Konjunktivformen unberücksichtigt gelassen werden. Im Präteritum stimmt der Konjunktiv völlig mit dem Indikativ überein. Eine formale Unterscheidung zwischen Indikativ und Konjunktiv Präteritum ist nur bei einer kleinen Gruppe von schwachen Verben möglich, die im Indikativ Präteritum den Wurzelvokal *a* gegenüber *e* im Präsens haben: *brennen - brannte*. Hier tritt in den Konjunktivformen des Präteritums *e* ein: *brennte*. Allerdings sind diese Formen wenig gebräuchlich.

Im ganzen läßt sich der neuhochdeutsche Formenbestand folgendermaßen charakterisieren. Konjunktivformen mit deutlicher und bei allen Verbgruppen vorhandener Opposition zum Indikativ liegen nur in der 3. Pers. Sing. Präs. vor. Weitere Formen des Konjunktivs heben sich nur in den Fällen vom Indikativ ab, in denen der Wurzelvokal verändert wird, was nur bei einzelnen Verbgruppen möglich ist.

Als Ergebnis der Betrachtung der Konjunktivformen läßt sich festhalten, daß der Konjunktiv im Formensystem des Verbs nur unvollständig durch eigene Formen ausgedrückt wird. Daraus ergibt sich zum einen die Frage nach einer Erklärung dieser Unvollständigkeit, zum andern die Frage nach den sprachlichen Mitteln zur Ergänzung des unvollständigen Systems.

Sprachhistorische Erklärung des Formenbestandes des Konjunktivs

Zur Erklärung des neuhochdeutschen Formenbestandes werden die Formensysteme des Mittelhochdeutschen und Althochdeutschen verglichen.

Starkes Verb: *nemen / neman*

	Präsens		Präteritum	
	mhd.	ahd.	mhd.	ahd.
Indikativ	*ich nime*	*ih nimu*	*ich nam*	*ih nam*
	dū nimest	*dū nimis*	*dū næme*	*dū nāmi*
	er nimet	*er nimit*	*er nam*	*er nam*
	wir nemen	*wir nemumēs*	*wir nāmen*	*wir nāmum*
	ir nemet	*ir nemet*	*ir nāmet*	*ir nāmut*
	sie nement	*sie nemant*	*sie nāmen*	*sie nāmun*
Konjunktiv	*ich neme*	*ih neme*	*ich næme*	*ih nāmi*
	dū nemest	*dū nemēs*	*dū næmest*	*dū nāmīs*
	er neme	*er neme*	*er næme*	*er nāmi*
	wir nemen	*wir nemēm*	*wir næmen*	*wir nāmīm*
	ir nemet	*ir nemēt*	*ir næmet*	*ir nāmīt*
	sie nemen	*sie nemēn*	*sie næmen*	*sie nāmīn*

Im Vergleich zum Neuhochdeutschen bestand im Mittelhochdeutschen im Präsens eine Endungsopposition mehr, nämlich in der 3. Pers. Plur.: *-nt : -n*. Außerdem gilt die im Neuhochdeutschen auf die 2. und 3. Pers. Sing. Präs. beschränkte Kennzeichnung durch Veränderung des Wurzelvokals auch in der 1. Pers. Sing. und unterscheidet auch hier Indikativ und Konjunktiv. Diese Möglichkeit ist aber wie im Neuhochdeutschen nur bei einem Teil der starken Verben gegeben, nicht etwa bei dem Typ *rīten*: 1. Pers. Sing. Präs. Ind. und Konj. *ich rīte*. Im Präteritum unterschieden sich die Verhältnisse nicht von denen des Neuhochdeutschen. Im Althochdeutschen waren Indikativ und Konjunktiv in Präsens und Präteritum in allen Formen durch Opposition der Endungen unterschieden.

Schwaches Verb: *suochen / suohhen*

	Präsens		Präteritum	
	mhd.	ahd.	mhd.	ahd.
Indikativ	*ich suoche*	*ih suohhu*	*ich suohte*	*ih suohta*
	dū suochest	*dū suohhis*	*dū suohtest*	*dū suohtōs*
	er suochet	*er suohhit*	*er suohte*	*er suohta*
	wir suochen	*wir suohhemēs*	*wir suohten*	*wir suohtum*
	ir suochet	*ir suohhet*	*ir suohtet*	*ir suohtut*
	sie suochent	*sie suohhent*	*sie suohten*	*sie suohtun*
Konjunktiv	*ich suoche*	*ih suohhe*	*ich suohte*	*ih suohti*
	dū suochest	*dū suohhēs*	*dū suohtest*	*dū suohtīs*
	er suoche	*er suohhe*	*er suohte*	*er suohti*
	wir suochen	*wir suohhēm*	*wir suohten*	*wir suohtīm*
	ir suochet	*ir suohhēt*	*ir suohtet*	*ir suohtīt*
	sie suochen	*sie suohhēn*	*sie suohten*	*sie suohtīn*

Auch bei den schwachen Verben ist im Mittelhocheutschen gegenüber dem Neuhochdeutschen nur an einer Stelle eine zusätzliche Endungsopposition vorhanden gewesen, in der 3. Pers. Plur. Präs. Im Althochdeutschen sind bei den schwachen wie bei den starken Verben Indikativ und Konjunktiv in beiden Tempora in allen Formen durch Endungen unterschieden.

Der Vergleich mit den mittelhochdeutschen Formen zeigt die Wirkungen des Umlauts, der Abschwächung der Endsilbenvokale und der Verkürzung der Endungen:

zum Beispiel:	*ih nāmi*	>*ich næme*
	ih nimu	>*ich nime*
	wir nemumēs	>*wir nemen*

Durch diese Veränderung wird das Konjunktivparadigma bereits im Mittelhochdeutschen dem Indikativ weitgehend angeglichen. Die Veränderungen zum Neu-

hochdeutschen setzen diese Entwicklung lediglich fort, z. B. in der 3. Pers. Plur. Ind. Präs.: *-ent* > *-en*. Außerdem wirkt bei den starken Verben in der 1. Pers. Sing. Ind. Präs. ein interner Formenausgleich, der hier den Vokal des Plurals und Infinitivs durchsetzt.
Wo im Neuhochdeutschen ein Bedürfnis nach eindeutigen Konjunktivformen besteht, werden Ersatzformen verwendet.

Die Ersatzformen des Konjunktivs

Die bei den schwachen Verben – mit Ausnahme der selten gebrauchten Formen vom Typ *brennte* – durchgehend fehlenden Formen des Konjunktivs Präteritum werden durch die Umschreibung mit dem Infinitiv und dem Konjunktiv Präteritum des Verbs *werden* gebildet. Entsprechendes gilt für die fehlenden Konjunktivformen im Präteritum nicht-umlautfähiger starker Verben:

sie würden suchen - sie würden reiten

Darüber hinaus kann beobachtet werden, daß auch für vorhandene Konjunktivformen die Umschreibung mit *würde* eintritt:

sie würden nehmen

Die fehlenden Formen des Konjunktivs Präsens werden häufig durch Formen des Konjunktivs Präteritum ersetzt. Vgl. z. B.:

Er sagt, er komme morgen.
Er sagt, sie kämen morgen (statt: ... *sie kommen morgen*).

Da die Formen des Konjunktivs Präteritum aber ebenfalls nicht vollständig sind, kann ihre Umschreibung mit *würde* auch in das Präsens vordringen.

Er sagt, er suche noch.
Er sagt, sie würden noch suchen (statt: ... *sie suchen noch* bzw. *sie suchten noch*).

Die Ersatzformen müssen aber nicht in jedem Fall eintreten; in einem eindeutig konjunktivischen Kontext können auch die mit dem Indikativ übereinstimmenden Formen vorkommen:

Unter dieser Bedingung kämen sie und arbeiteten mit.
(statt: ... *und würden mitarbeiten*).
Ginge es nach ihm, so verkaufte er das Objekt.
(statt: ... *so würde er das Objekt verkaufen*).

Die Verwendung der Konjunktivformen in der Redewiedergabe

Die modale Funktion des Konjunktivs läßt sich in seiner Verwendung in Texten beobachten. Der folgende Satz ist einer Zeitung entnommen, wobei auf die aktuellen Bezüge verzichtet wurde; die Konjunktivformen wurden aber nicht verändert.

> [*Der Politiker*] ... *äußerte in einer kurzen Rede ... Freude darüber, daß im Landtag nur Parteien vertreten seien, die zu Text und Sinn des Grundgesetzes stünden und die parlamentarische Demokratie bejahten.*

Aufgrund dieser Meldung läßt sich die hier wiedergegebene Äußerung in ihrer direkten Form rekonstruieren:

> *Der Politiker sagte: „Ich freue mich darüber* (oder etwa: *Ich bin froh darüber), daß im Landtag nur Parteien vertreten sind, die zu Text und Sinn des Grundgesetzes stehen und die parlamentarische Demokratie bejahen."*

Den Konjunktivformen in der Zeitungsmeldung entsprechen in der rekonstruierten Rede Indikativformen:

seien	–	*sind*
stünden	–	*stehen*
bejahten	–	*bejahen*

Die Indikativformen der zugrundeliegenden Rede werden in der Wiedergabe durch Konjunktivformen ersetzt: Für die Präsens Indikativ-Form *sind* tritt die Präsens Konjunktiv-Form *seien*; die vom Indikativ Präsens *stehen* nicht unterschiedene Form des Konjunktivs wird durch die eindeutige Konjunktivform des Präteritums *stünden* ersetzt. In dem dadurch bereits eindeutig konjunktivischen Kontext tritt an die Stelle der vom Präsens Indikativ *bejahen* nicht unterschiedenen Konjunktiv Präsens-Form die Form des Präteritums, die aber vom Indikativ Präteritum ebenfalls nicht unterschieden ist.

Gemeinsam ist allen drei Formen, daß sie Präsensformen der wiedergegebenen Rede ersetzen. Den Konjunktivformen fehlt offensichtlich die temporale Bedeutungskomponente. Man bezeichnet daher die Formen des Konjunktivs Präsens als Konjunktiv I, die Formen des Konjunktivs Präteritum als Konjunktiv II. Die Konjunktivformen kennzeichnen die Redewiedergabe, die sogenannte indirekte Rede. Die von ihnen ausgedrückte Modalität ist die einer eingeschränkten Geltung: Die Aussage wird als Aussage eines anderen Sprechers und daher als durch den aktuellen Sprecher nur vermittelt gekennzeichnet. Daraus ergibt sich eine gewisse Distanzierung des aktuellen Sprechers von der vermittelten Aussage. Diese Konjunktivfunktion wird zunächst von den Präsensformen, ersatzweise von den übrigen Formen ausgedrückt.

Die Funktion des Konjunktivs II

Die Einschränkung der Geltung der Aussage geht beim Konjunktiv II weiter als beim Konjunktiv I; der Sprecher kennzeichnet den Inhalt der Aussage als nur vorgestellt, nur angenommen. Der Konjunktiv II tritt daher hauptsächlich in Bedingungsgefügen auf.

Das Volk und ihm zu Gefallen die Dichter, ein allzu gefälliges Geschlecht, haben die Geschichte von Joseph und Potiphars Weib, eine Episode, wenn auch eine sehr schwerwiegende, im Leben des Sohnes Jaakobs, verschiedentlichst ausgesponnen, haben ihr, die doch mit der Katastrophe gründlich abgeschlossen war, gefühlvolle Fortsetzungen und ihr innerhalb des Ganzen eine überherrschende Stellung gegeben, so daß aus diesem unter ihren Händen ein reichlich verzuckerter Roman mit glücklichem Ausgang wird. Ginge es nach diesen Poesien, so hätte die Versucherin, die „Suleicha" zu heißen pflegt, worüber allein schon man nur die Achseln zucken kann, sich, nachdem sie Jospeh ins Gefängnis gebracht, voller Reue in eine „Hütte" zurückgezogen und nur noch der Abbüßung ihrer Sünden gelebt, worüber sie durch den Tod ihres Gatten zur Witwe geworden wäre.

(Th. Mann, Joseph und seine Brüder)

Zu Beginn des Textes wird von dem Erzähler auf verschiedene andere Versionen des von ihm Erzählten hingewiesen, wobei durch die Wortwahl (*ein reichlich verzuckerter Roman*) bereits eine Distanzierung von diesen Poesien sichtbar wird. Die Einzelheiten dieser referierten Fassungen werden durch einen Konditionalsatz eingeleitet (*Ginge es ...*), der deutlich macht, daß es sich um eine nur angenommene Möglichkeit handelt. Die im Indikativ zu denkenden Aussagen der anderen Versionen erscheinen hier im Konjunktiv. Durch diese grammatischen Formen wird die Geltung der Aussagen weitgehend eingeschränkt; der Sprecher distanziert sich damit ausdrücklich von der Geltung des Ausgesagten.

Konjunktiv, Imperativ und Indikativ

Die Konjunktivformen lassen sich ihrer Bildungsweise nach den Indikativformen des Präsens und Präteritums zuordnen. Da Konjunktiv Präsens und Konjunktiv Präteritum aber keine direkte Tempusbedeutung enthalten, werden sie zweckmäßiger als Konjunktiv I und Konjunktiv II bezeichnet. Die Formen des Konjunktivs I kennzeichnen eine Aussage als Wiedergabe der Aussage eines andern (berichtete Rede). Anstelle der Formen des Konjunktivs I werden bei Bedarf Formen des Konjunktivs II und die *würde*-Umschreibung als Ersatzformen verwendet. Außerhalb der Redewiedergabe kennzeichnen die Formen des Konjunktivs II bzw. die *würde*-Umschreibung eine vom Standpunkt des Sprechers aus nur bedingt gültige Aussage, einen lediglich vorgestellten Inhalt.

Neben diesen Hauptfunktionen lassen sich noch weitere Verwendungen der Konjunktivformen erkennen:

Käme er doch endlich!
Wäre er jetzt hier!
Man hole ihn herbei!

Der Inhalt der Aussage wird durch den Konjunktiv als nicht wirklich gegeben, sondern als erwünscht oder gefordert bezeichnet. Der Konjunktiv hat hier voluntative Funktion und charakterisiert gemeinsam mit Verbstellung und Intonation Aufforderungssätze. In dieser Funktion berührt sich der Konjunktiv mit dem Imperativ, der ebenfalls einen Wunsch oder eine Aufforderung ausdrückt. Auch der Imperativ schränkt die Geltung einer Aussage insofern ein, als er ihren Inhalt ausdrücklich als noch zu verwirklichen kennzeichnet. Im Gegensatz zu Konjunktiv und Imperativ ist mit dem Indikativ keine Einschränkung der Geltung einer Aussage gegeben. Der Indikativ kann als neutraler Modus angesehen werden, der durch Kontextelemente in verschiedener modaler Hinsicht differenziert werden kann.

Literaturhinweise

W. Admoni, Der deutsche Sprachbau, § 39.
O. Behaghel, Deutsche Syntax, II, § 655 - 680.
H. Brinkmann, Die deutsche Sprache, S. 357 - 380.
I. Dal, Kurze deutsche Syntax, § 103 - 111.
Duden. Grammatik, Nr. 216 - 269.
Einführung in die Grammatik und Orthographie, S. 74 - 82.
J. Erben, Deutsche Grammatik, § 147 - 193.
H. Glinz, Die innere Form des Deutschen, S. 104 - 113.
Grundzüge einer deutschen Grammatik, S. 520 - 539.
G. Helbig - J. Buscha, Deutsche Grammatik, S. 157 - 176.
W. Jung, Grammatik der deutschen Sprache, Nr. 497 - 526.
H. Paul, Deutsche Grammatik, IV, § 375 - 377, 471 - 490.
W. Schmidt, Grundfragen der deutschen Grammatik, S. 230 - 240.
Die deutsche Sprache, II, S. 852 - 862.

8. Die Tempusformen des Verbs und ihre Bedeutung

Der Formenbestand der Tempora

Neben den beiden am Verb selbst durch Flexion gebildeten Tempusformen Präsens (*er sieht, er kommt*) und Präteritum (*er sah, er kam*) werden weitere Formen durch Verwendung von Hilfsverben gebildet. Die Flexion erfolgt dann an den Hilfsverben *sein, haben* und *werden*, die mit unflektierten (infiniten) Formen des jeweiligen Verbs (Infinitiv bzw. Partizip Präteritum) verbunden werden. Die zusammengesetzten Tempusformen sind:

Perfekt	Plusquamperfekt	Futur I	Futur II
er hat gesehen *er ist gekommen*	*er hatte gesehen* *er war gekommen*	*er wird sehen* *er wird kommen*	*er wird gesehen haben* *er wird gekommen sein*

Die Verwendung von *haben* und *sein* ist nach der Verbbedeutung geregelt.

er ist gekommen
er hat geschwiegen

Mit *sein* werden intransitive Verben verbunden, die eine Zustandsveränderung oder eine Bewegung bezeichnen (terminative bzw. perfektive Verben):
kommen, erwachen, vertrocknen, aufstehen, laufen

Ihnen stehen Intransitiva gegenüber, die nicht Beginn oder Abschluß eines Vorgangs oder Tuns festlegen, sondern einen Verlauf in der Zeit angeben (nichtterminative bzw. durative Verben):
schweigen, wachen, schlafen, regnen

Diese intransitiven Verben werden mit *haben* verbunden. *haben* wird ferner bei allen transitiven und reflexiven Verben verwendet:

er hat gesehen
er hat sich geschämt

Präsens und Präteritum

Text 2 enthält zahlreiche Präteritumsformen: *war* (Z.1), *entstammte* (Z. 1), *war* (Z. 2), *schlich* (Z. 3), *gelang* (Z. 4), *legte ... ab* (Z. 4 f.) usw. Der Name in der Überschrift und weitere im Text vorkommende Namen zeigen, daß in diesem Text von mythischen Personen und Ereignissen erzählt wird. Der Sprecher, hier also der Verfasser des Textes, wählt einen Bezugszeitpunkt in der Vergangenheit, im Damals. Was sich in diesem Damals ereignete, welche Vorgänge und Handlungen abliefen, was also mit dem Bezugszeitpunkt im Damals gleichzeitig ist, drückt der Sprecher in der Tempusform des Präteritums aus. Diese Funktion der Präteritumsform kann man dadurch sichtbar machen, daß man den Bezugszeitpunkt des Damals als Temporalangabe in die Sätze einfügt und sie gegebenenfalls umformt.
Die Präsensform in dem nichteingeleiteten Bedingungssatz (Z. 2) *Irr ich nicht* bezieht sich abweichend vom übrigen Text auf einen Bezugszeitpunkt in der Sprechergegenwart:

> *Irr ich jetzt, da ich das erzähle, nicht, so war es damals so, daß er einem unehelichen Verhältnis entstammte.*

Der Sprecher kann also auch einen Bezugszeitpunkt im Jetzt wählen, der mit dem Sprechzeitpunkt zusammenfallen kann. Was sich in dieser Gegenwart ereignet, welche Vorgänge und Handlungen ablaufen, was also mit dem Bezugszeitpunkt im Jetzt gleichzeitig ist, drückt der Sprecher in der Tempusform des Präsens aus.
Der Anfang von Text 5 kann verdeutlichen, daß der Bezugszeitpunkt von der Wahl des Sprechers abhängt, also nicht notwendig mit dem Sprechzeitpunkt identisch ist (Z. 1 - 12, verkürzt):

> *Die Großen, das sind die achtzehnjährige und braunäugige Ingrid, ... und Bert, blond und siebzehnjährig.*

Auch in diesem Text wird erzählt, was nicht ohne weiteres als in der Sprechergegenwart ablaufend gelten muß, sondern durchaus vergangenes Geschehen sein kann. Der Sprecher stellt es aber im Jetzt-Bezug dar.
Aus den bisherigen Beobachtungen ergibt sich zunächst folgender Gliederungsansatz für die Tempora:

Bezugszeitpunkt : Jetzt | gleichzeitig ablaufendes Geschehen : Präsens
Bezugszeitpunkt : Damals | gleichzeitig ablaufendes Geschehen : Präteritum

Plusquamperfekt

Am Anfang von Text 3 erscheinen nach den Plusquamperfekt-Formen *hatte gekauft* (Z. 1) und *hatte gezeichnet* (Z. 3 f.) zahlreiche Präteritumsformen: *nahm* (Z. 4), *faltete* (Z. 4), *schrieb* (Z. 4), *hielt inne* (Z. 5), *schraubte* (Z. 5) usw. Der Verfasser hat also deutlich einen Bezugszeitpunkt in der Vergangenheit gewählt und erzählt das damals ablaufende Geschehen im Präteritum.
Die beiden Plusquamperfekt-Formen drücken ein Geschehen aus, das dem Bezugszeitpunkt Damals vorangeht. Vom Zeitpunkt Damals aus richtet der Sprecher den Blick rückwärts und beschreibt Handlungen, die vor dem Bezugszeitpunkt durchgeführt und abgeschlossen wurden und in ihrem Ergebnis an den Bezugszeitpunkt Damals heranreichen. Dieses Verhältnis wird besonders deutlich, wenn die Folge des Geschehens noch zusätzlich durch die Konjunktion *nachdem* gekennzeichnet ist.
Das Plusquamperfekt hat also eine in sich gestufte temporale Bedeutungskomponente 'dem Bezugszeitpunkt Damals vorangehend' und eine aktionale Bedeutungskomponente 'abgeschlossen'. Aktionale Merkmale charakterisieren ein Geschehen unabhängig von seiner zeitlichen Einordnung. Mit dem Merkmal 'abgeschlossen' wird ausgedrückt, daß ein Vorgang oder eine Handlung vor dem Bezugszeitpunkt abgeschlossen wurde, daß ein bestimmtes Ergebnis (ein Zustand) erreicht wurde und daß dieses Ergebnis (dieser Zustand) im Bezugszeitpunkt noch andauert. Diese enge Beziehung des vorangehenden Geschehens auf den Bezugszeitpunkt läßt sich durch Umformungen veranschaulichen, bei denen auf die Bezeichnung des vorangehenden abgeschlossenen Geschehens selbst verzichtet und nur das andauernde Ergebnis ausgedrückt wird:

Er hatte sich eine Füllfeder gekauft

ist in der Ergebnisformulierung gleichwertig mit:

Er hatte eine Füllfeder.

In der Tempusgliederung läßt sich die beobachtete Funktion des Plusquamperfekts nunmehr neben dem Präteritum eintragen:

	Bezugszeitpunkt: Damals
vorangehendes, abgeschlossenes, im Ergebnis andauerndes Geschehen: Plusquamperfekt	gleichzeitig ablaufendes Geschehen: Präteritum

Perfekt

Parallel zum Plusquamperfekt dient das Perfekt dazu, ein dem Bezugszeitpunkt Jetzt vorangehendes, abgeschlossenes, im Ergebnis andauerndes Geschehen zu kennzeichnen. Aus dieser Funktion wird das Nebeneinander von Perfekt und Präsens in Text 1 (Z. 1 f.) verständlich:

... hat sich ... scheiden lassen

ist hinsichtlich des im Bezugszeitpunkt Jetzt andauernden Ergebnisses gleichwertig mit:

... ist jetzt geschieden.

Von diesem Ergebniszustand kann der Sprecher im Präsens sagen:

was für mich ... bedeutet

Das Perfekt hat demnach wie das Plusquamperfekt eine in sich gestufte temporale Bedeutungskomponente ‘dem Bezugszeitpunkt Jetzt vorangehend’ und eine aktionale Bedeutungskomponente ‘abgeschlossen’.

	Bezugszeitpunkt: Jetzt
vorangehendes, abgeschlossenes, im Ergebnis andauerndes Geschehen: Perfekt	gleichzeitig ablaufendes Geschehen: Präsens

Futur I

Vom Bezugszeitpunkt Jetzt ausgehend läßt sich auch das dem Jetzt folgende Geschehen bezeichnen; es ist vom Bezugszeitpunkt aus gesehen zukünftig, wird erwartet. Diese temporale Bedeutung wird durch die Form des Futur I ausgedrückt, wie ein Teilsatz aus Text 5 besonders deutlich zeigt (Z. 1 - 3):

... Ingrid, ein sehr reizvolles Mädchen, das zwar vor dem Abiturium steht und es wahrscheinlich auch ablegen wird, ...

Im Bezugszeitpunkt des Jetzt *steht das Mädchen vor dem Abiturium.* Für die dem Jetzt folgende Zeit, die Zukunft, wird vorausgesagt, daß das Mädchen *es* (diese Prüfung) *wahrscheinlich auch ablegen wird.*

Entsprechende zeitliche Einordnungen können auch vom Bezugszeitpunkt des Damals aus erfolgen; hierfür steht aber keine grammatische Tempusform zur Verfügung, vielmehr werden verschiedenartige Umschreibungen verwendet, wenn ein Bedürfnis nach dem Ausdruck dieses Zeitverhältnisses besteht. Dem Futur I kann dann eine Verbindung von *würde* mit dem Infinitiv entsprechen (Text 3, Z. 20):

Nun würde also Hildegard heimkommen, um halb zehn. Es war jetzt neun Uhr.

Wenn dieser Text vom Bezugszeitpunkt des Jetzt aus erzählt würde, lautete diese Stelle:

Nun wird also Hildegard heimkommen, um halb zehn. Es ist jetzt neun Uhr.

Eine entsprechende Formulierung zeigt der am Anfang dieses Absatzes zitierte Satz aus Text 5 (Z. 1 - 3): ... *ein sehr reizvolles Mädchen ...*
Wenn dieser Text vom Bezugszeitpunkt des Damals aus erzählt würde, lautete diese Stelle:

ein sehr reizvolles Mädchen, das zwar vor dem Abiturium stand und es wahrscheinlich auch ablegen würde.

Für beide Bezugszeitpunkte läßt sich somit eine Bezeichnung des dem Bezugszeitpunkt folgenden, zukünftigen, erwarteten Geschehens angeben:

Bezugszeitpunkt: Jetzt gleichzeitig ablaufendes Geschehen: Präsens	folgendes, zukünftiges, erwartetes Geschehen: Futur I
Bezugszeitpunkt: Damals gleichzeitig ablaufendes Geschehen: Präteritum	folgendes, zukünftiges, erwartetes Geschehen: (Umschreibungen für Futur des Präteritums)

Futur II

Die Form des Futur II vereinigt das Hilfsverb *werden*, das das einem Bezugszeitpunkt folgende Geschehen ausdrückt, mit den Hilfsverben *sein* oder *haben*, die das einem Bezugszeitpunkt vorangehende, abgeschlossene Geschehen bezeichnen.

er wird gekommen sein
er wird gesagt haben

Die temporale Bedeutung dieser Form ist insofern futurisch, als der Sprecher vom Bezugszeitpunkt des Jetzt aus einen zukünftigen Zeitpunkt in den Blick nimmt, von wo aus er auf das vorangehende Geschehen zurückblickt. So kann man beispielsweise sagen:

In zwei Wochen werde ich diese Arbeit beendet haben.

Im tatsächlichen Gebrauch dieser Form tritt häufig eine modale Bedeutungskomponente hinzu oder sogar in den Vordergrund. Sie ist oft an hinzugefügten Modaladverbien erkennbar. Die Bedeutung verlagert sich dann von 'zukünftig' auf 'erwartet', 'vermutet':

In zwei Wochen werde ich wohl diese Arbeit beendet haben.

Ohne ausdrückliche Einordnung in die Zukunft überwiegt der Ausdruck der Vermutung über das einem Bezugszeitpunkt im Jetzt vorangehende Geschehen:

Er fährt mit der Bahn. Er wird sein Auto verkauft haben.

Der Abschluß des einem in der Zukunft liegenden Geschehen vorangehenden Geschehens wird demgegenüber oft nur durch das Perfekt ausgedrückt:

In zwei Wochen habe ich diese Arbeit beendet.

Das Verhältnis zu Präsens und Futur I läßt sich folgendermaßen verdeutlichen:

Bezugszeitpunkt: Jetzt		
gleichzeitig ablaufendes Geschehen: Präsens	vorangehendes, abgeschlossenes Geschehen in der Zukunft: Futur II	folgendes, zukünftiges, erwartetes Geschehen: Futur I

Auch dem Futur II entspricht im Bezugssystem des Damals eine umschriebene Form:

Er arbeitete eifrig. In zwei Wochen würde er die Arbeit beendet haben.

Das Tempussystem

Die bisher an den einzelnen Tempora ermittelten Befunde lassen sich in einer systematischen Übersicht zusammenfassen, die die Verhältnisse verdeutlichen kann, ohne alle Einzelheiten zu berücksichtigen. Auf zwei wichtige Phänomene des Gebrauchs der Tempora wird anschließend noch eingegangen. Alle Probleme des sehr umstrittenen und in den Grammatiken kontrovers beurteilten Tempussystems können in diesem Arbeitsbuch ohnehin nicht erschöpfend behandelt werden.

Für die Systemübersicht werden die bisherigen Teilsysteme zusammengefaßt und übersichtlicher angeordnet. Die leeren Klammern im Bereich des vom Bezugszeitpunkt Damals aus Zukünftigen deuten an, daß hier zwar keine Tempusformen zur Verfügung stehen, bei Bedarf aber diese Zeitverhältnisse auch ausgedrückt werden können.

Verhältnis des Geschehens zum Bezugszeitpunkt: / Bezugszeitpunkt:	vorangehend, abgeschlossen im Ergebnis andauernd	gleichzeitig ablaufend	folgend, zukünftig, erwartet	
			Zukünftigem vorangehend, in der Zukunft abgeschlossen	
Jetzt	Perfekt	Präsens	Futur II	Futur I
Damals	Plusquamperfekt	Präteritum	( )	( )

Die Verwendung des Präsens

Die Texte des Anhangs enthalten zahlreiche Präsensformen, die zwar grundsätzlich jeweils die Gleichzeitigkeit zu einem Bezugszeitpunkt im Jetzt ausdrücken, im einzelnen aber recht verschiedenartige Zeitverhältnisse kennzeichnen.

In dem Gesetzestext (Text 8) drückt das Präsens keine unmittelbare Gegenwärtigkeit aus, sondern eine allgemeine Gültigkeit. Das läßt sich gut an Ersatzproben erkennen.

Die Hochschulen bereiten auf eine berufliche Tätigkeit vor.
... bereiteten ...
... haben ... vorbereitet
... werden ... vorbereiten

Mit keinem anderen Tempus ist eine neutrale Aussage einer zum Sprechzeitpunkt gegebenen und bestehenden allgemeinen Geltung möglich. Wenn der Bezugszeitpunkt im Jetzt mit dem Sprechzeitpunkt übereinstimmt, was oft der Fall ist, drückt das Präsens alles gleichzeitig Stattfindende und Bestehende aus.
Darüber hinaus kann die Präsensform, vor allem in entsprechenden Kontexten, auch das dem Sprechzeitpunkt folgende Geschehen bezeichnen:

Übermorgen beginnen die Ferien.

Diese Verwendung des Präsens entspricht der des Perfekts anstelle des Futur II:

Übermorgen beginnen die Ferien. Am nächsten Morgen brechen wir auf. Gegen Abend sind wir angekommen.

Die Beobachtung an Text 5 hat ferner gezeigt, daß das Präsens auch in erzählenden Texten auftreten kann, wenn der Erzähler anstelle des geläufigeren Bezugszeitpunktes im Damals einen Bezugszeitpunkt im Jetzt wählt, der freilich nicht mit dem Sprechzeitpunkt identisch sein muß. Diese Verwendung des Präsens kann überhaupt für die Darstellung tatsächlich vergangenen Geschehens verwendet werden, wenn der Kontext diese zeitliche Einordnung leistet:

Im Jahre 1774 erscheint Goethes Werther.

Das Verhältnis von Perfekt und Präteritum

In Text 2 tritt unter zahlreichen Präteritumsformen gelegentlich auch das Perfekt auf (Z. 10 f.):

So hat er zum Beispiel einen Stall gründlich gereinigt.

Ein Grund für das Auftreten des Perfekts ist nicht erkennbar, da hier keine besondere Kennzeichnung eines Abschlusses einer Handlung erfolgt, deren Ergebnis etwa noch andauerte. Der Satz könnte ebenso gut im Präteritum stehen wie der übernächste Satz (Z. 12 f.), der seinerseits ebenso im Perfekt stehen könnte:

Ferner säuberte er eine weitläufige Landschaft ...

Perfekt und Präteritum sind in der Weise austauschbar, daß anstelle des Präteritums unter verschiedenen Bedingungen oft das Perfekt verwendet wird. In bestimmten südlichen Teilen des deutschen Sprachgebietes sind die Präteritumsformen in der gesprochenen Sprache weitgehend geschwunden, so daß hier generell anstelle des Präteritums das Perfekt gebraucht wird. Dieser Ersatz ist anhand der Darstellung des Tempussystems leicht zu verstehen: Was dem Bezugszeitpunkt im Jetzt, vor allem, wenn er mit dem Sprechzeitpunkt identisch ist, vorangegangen ist, ist damit auch vergangen; die Funktion des Perfekts, den Abschluß und die Fortdauer des Ergebnisses auszudrücken, tritt dann zurück. Das Präteritum gewinnt vor dem Hintergrund eines vor allem in der gesprochenen Sprache überwiegenden Perfektgebrauchs für das dem Sprechzeitpunkt vorangehende Geschehen besondere stilistische Werte. Seine Verwendung setzt vielfach eine bewußte, distanzierte Setzung eines Bezugszeitpunktes im Damals voraus, das nicht notwendig auch eine reale Vergangenheit sein muß.

Analyse von Tempusformen

Das vielfältige Zusammenwirken verschiedener Tempora soll an der Textprobe 7 veranschaulicht werden, bei der es sich um den ersten Satz des Romans handelt. Die finiten Verbformen dieses Satzes sind:

Z. 2	*zieht*	Präsens
Z. 3	*stoßen*	Präsens
Z. 3	*geändert hat*	Perfekt
Z. 4	*starb*	Präteritum
Z. 4	*übernahm*	Präteritum
Z. 4	*führte*	Präteritum
Z. 5	*starb*	Präteritum
Z. 5 f.	*waren geworden*	Plusquamperfekt

Die beiden Präsensformen drücken eine allgemeine zeitliche Geltung aus: Der Main *zieht* dort schon immer und auch im Sprechzeitpunkt noch *seinen schönsten Bogen*; die Kirchtürme *stoßen* dort schon immer oder jedenfalls schon sehr lange und auch im Sprechzeitpunkt noch *in den Himmel.* Die in den Präsensformen bezeichnete Dauer und den Fortbestand der geographischen und städtischen Verhältnisse überträgt der nächste Satz mit dem Wort *generationenlang* in den Bereich der Gesellschaft. Die Perfektform drückt zusammen mit der Negation aus, daß sich an dem genannten Ort keine Veränderung vollzogen hat. In der Negation der Veränderung wird also gerade der unveränderte Fortbestand gesellschaftlicher Verhältnisse ausgesagt. Die Perfektform signalisiert aber auch, daß dieser Fortbestand ein dem Bezugszeitpunkt im Jetzt des Erzählers vorangehendes und nunmehr abgeschlossenes Geschehen ist. Diese generationenlang gleichen Verhältnisse werden in den folgenden vier Präteritumsformen in den Bezugszeitpunkt des Damals gerückt. Die Gleichzeitigkeit und Dauer dieser Verhältnisse könnten durch Einfügung von *jedes Mal* oder *immer wieder* vor *der Sohn* noch verdeutlicht werden.

Wie die Analyse des Gefügeaufbaus noch zeigen wird, stehen die bisher besprochenen Verbformen sämtlich in einer Reihe von untereinander gleichrangigen Attributsätzen zu der Ortsangabe *In Würzburg* sowie in ihnen untergeordneten Sätzen. Durch diesen Aufbau des Gesamtsatzes wird eine ganze Reihe von gleichartigen Aussagen über den Ort der Handlung und die hier geltenden dauerhaften Verhältnisse vorangestellt und so die Spannung auf die Fortführung des begonnenen Satzes erhöht. Der Gesamtsatz endet dann mit der Verbform *waren ... geworden* im Plusquamperfekt, das ein dem Bezugszeitpunkt im Damals der erzählten Geschichte vorangehendes, abgeschlossenes Geschehen charakterisiert: die Zerstörung der wirtschaftlichen Existenzgrundlagen durch Krieg und Inflation. Der im Jahre 1927 erschienene Roman erzählt bekanntlich von den Bemühungen vier seit ihrer Jugend befreundeter Männer, ihre wirtschaftliche und soziale Notlage zu überwinden. Der erste Satz des Romans läßt den Kontrast zwischen den generationenlang unveränderten Verhältnissen und ihrer nunmehr eingetretenen Veränderung auch in den Tempusformen deutlich werden und weist so auf eine zentrale Problematik des Romans voraus.

Literaturhinweise

W. Admoni, Der deutsche Sprachbau, § 38.
O. Behaghel, Deutsche Syntax, II, § 681 - 714.
H. Brinkmann, Die deutsche Sprache, S. 321 - 356.
I. Dal, Kurze deutsche Syntax, § 100 - 102.
Duden. Grammatik, Nr. 164 - 196, 285 - 290.
Einführung in die Grammatik und Orthographie, S. 67 - 73.
J. Erben, Deutsche Grammatik, § 123 - 146.
H. Glinz, Die innere Form des Deutschen, S. 99 - 104, 326 - 365.
Grundzüge einer deutschen Grammatik, S. 507 - 520.
G. Helbig - J. Buscha, Deutsche Grammatik, S. 115 - 136.
W. Jung, Grammatik der deutschen Sprache, Nr. 466 - 482.
H. Paul, Deutsche Grammatik, IV, § 315 - 374.
W. Schmidt, Grundfragen der deutschen Grammatik, S. 218 - 230.
Die deutsche Sprache, II, S. 841 - 852.

9. Flexion, Syntax und Semantik der Modalverben

Modalitätskennzeichnung durch Modalverben

Neben der verbalen Flexionskategorie des Modus und neben den modalen Funktionen der Tempusformen stehen verschiedenartige lexikalische Mittel zur Modalitätskennzeichnung zur Verfügung.
Man vergleiche die folgenden parallel konstruierten Beispiele:

Das Auto fährt.
fahre.
führe.
kann fahren.
muß fahren.
soll fahren.
scheint zu fahren.
fährt vielleicht.
fährt bestimmt.

Die Zuordnung des verbal bezeichneten Vorgangs (*fahren*) zu dem Vorgangsträger (*Auto*) wird vom Sprecher in jedem Satz mit einer bestimmten Modalitätskennzeichnung vorgenommen, die durch Paraphrasen und Einbettung in entsprechende Kontexte verdeutlicht werden kann:

> Der Verkäufer sagte: „Das Auto fährt." - und diese Aussage gebe ich hiermit wieder, ohne selbst dafür Gewähr bieten zu können: ..., *das Auto fahre.*

> Man hat behauptet, daß das Auto fährt; ich erwarte daher, daß es fährt, ohne dessen sicher zu sein: *Das Auto soll fahren.*

Die Modalverben *sollen, müssen, dürfen, können, wollen, mögen* bilden durch ihre semantischen Funktionen eine feste Gruppe von Verben, die auch durch morphologische und syntaktische Merkmale von anderen Verben modaler Bedeutung abgehoben sind.

Morphologische und syntaktische Merkmale der Modalverben

Zur Verdeutlichung der Abgrenzung der Modalverben werden einige Verben mit modaler Funktion mitberücksichtigt, nämlich: *brauchen, vermögen, wissen, pflegen, scheinen, beabsichtigen, versuchen.*
An der Gegenüberstellung der Formen von *dürfen* und *versuchen* können die Kriterien der Flexion erarbeitet werden.

ich	*darf - ϕ*	*ich*	*versuch - e*
du	*darf - st*	*du*	*versuch - st*
er	*darf - ϕ*	*er*	*versuch - t*
wir	*dürf - en*	*wir*	*versuch - en*
ihr	*dürf - t*	*ihr*	*versuch - t*
sie	*dürf - en*	*sie*	*versuch - en*
er	*durf - t - e*	*er*	*versuch - t - e*
er	*dürf - t - e*		

dürfen zeigt in der 1. und 3. Person Singular Indikativ Präsens ϕ-Endung gegenüber *-e* und *-t* bei *versuchen.* ϕ-Endung haben von den genannten Verben ebenfalls *soll, will, kann, mag, vermag, muß* und *weiß.*

Zwischen Singular und Plural tritt im Indikativ Präsens ein Vokalwechsel im Grundmorphem auf: *darf - dürfen.* Einen entsprechenden Wechsel zeigen auch *will - wollen, kann - können, mag - mögen, vermag - vermögen, muß - müssen, weiß - wissen.*

dürfen stimmt in der schwachen Präteritumsbildung mit *versuchen* überein und unterscheidet sich dadurch von ablautenden Verben wie *scheinen.* Bei der Präteritumsbildung der Modalverben treten teilweise konsonantische und vokalische Veränderungen gegenüber dem Infinitiv ein: *dürfen - durfte, können - konnte, müssen - mußte, wissen - wußte, mögen - mochte, vermögen - vermochte.*
Umlaut im Konjunktiv Präteritum zeigen *dürfte, könnte, müßte, wüßte, möchte, vermöchte, bräuchte.*

Bei der Bildung von Perfekt, Plusquamperfekt und Futur II mit dem Hilfsverb *haben* wird in der Verbindung von Modalverb und modifiziertem Verb im Infinitiv anstelle des Partizips Perfekt auch beim Modalverb der Infinitiv verwendet:

er hat es gedurft
er hat es versucht
aber: *er hat kommen dürfen*
er hat zu kommen versucht

Der Infinitiv des modifizierten Verbs steht ohne das Verbindungselement *zu*, im Unterschied zu anderen modalen Verben:

er darf kommen
er versucht zu kommen

Der modifizierte Infinitiv kann bei den Modalverben fehlen und durch ein Richtungsadverb ersetzt werden, was bei anderen Verben nicht möglich ist:

er darf hingehen – er versucht hinzugehen
er darf hin

Für die Stellung der Modalverben gelten in einigen Fällen feste Regeln.

Ich nehme an,	*daß er zu kommen versucht.*
...,	*daß er versucht zu kommen.*
...,	*daß er kommen darf.*

In Nebensätzen stehen die finite Verbform und der damit verbundene Infinitiv am Ende. Bei manchen Verben kann der Infinitiv vor oder nach der finiten Verbform stehen; d.h. der Infinitiv kann ausgeklammert werden. Bei den Modalverben ist diese Ausklammerung nicht möglich.

Ich nehme an,	*daß er zu kommen versucht hat.*
...,	*daß er nicht hat kommen dürfen.*

In Nebensätzen stehen alle Elemente einer zusammengesetzten Vergangenheitsform eines mit einem Infinitiv verbundenen Verbs am Ende. Dabei steht die finite Verbform bei manchen Verben an der letzten Stelle, bei Modalverben vor den beiden Infinitiven.

Die beobachteten Kriterien lassen sich in einer Merkmalmatrix zusammenfassen, wobei die nicht einzeln beschriebenen Verben entsprechend den vorgeführten Beispielen bestimmt werden. Die Formulierung der Kriterien wird so gewählt, daß eine positive Markierung der Modalverben möglich ist.

Merkmale \ Verben	*müssen*	*dürfen*	*sollen*	*können*	*mögen*	*wollen*	*vermögen*	*wissen*	*brauchen*	*pflegen*	*scheinen*	*beabsichtigen*	*versuchen*
Nullendung in der 1. und 3. Pers. Sing. Ind. Präs.	+	+	+	+	+	+	+	+	–	–	–	–	–
Vokalwechsel zwischen Sing. und Plur. Ind. Präs.	+	+	–	+	+	+	+	+	–	–	–	–	–
schwaches Präteritum mit lautlichen Besonderheiten	+	+	–	+	+	–	+	+	+	–	–	–	–
Umlaut im Konj. Prät.	+	+	–	+	+	–	+	+	+	–	–	–	–
zusammengesetzte Vergangenheitsformen mit *haben* und Infinitiv	+	+	+	+	+	+	–	–	+	–	–	–	–
Infinitiv ohne *zu*	+	+	+	+	+	+	–	–	±	–	–	–	–
Ersatz des Infinitivs durch Adverb	+	+	+	+	+	+	–	–	+	–	–	–	–
Ausklammerung des Infinitivs im Nebensatz nicht möglich	+	+	+	+	+	+	+	+	+	+	+	–	–
Position der finiten Form vor zwei Infinitiven im Nebensatz	+	+	+	+	+	+	–	–	+	–	–	–	–

Die sechs Modalverben stimmen in folgenden Kriterien überein: 1. und 3. Sing. mit -ϕ-Endung, zusammengesetzte Vergangenheitsform mit Infinitiv, Infinitivanschluß ohne *zu*, Infinitiversatz durch Richtungsadverb, keine Ausklammerung im Nebensatz, Position der finiten Form vor zwei Infinitiven im Nebensatz. *brauchen* zeigt eine weitgehende Übereinstimmung in den syntaktischen Kriterien; *vermögen* und *wissen* stimmen in der Flexion zu den Modalverben, was ebenso wie die flexivischen Besonderheiten historisch erklärt werden kann.

Sprachhistorische Erklärung der Flexion der Modalverben

Der Ansatz zur Erklärung der Flexionsbesonderheiten der Modalverben läßt sich bereits bei rein synchroner Betrachtung der neuhochdeutschen Formen erkennen.

Die Nullendung in der 1. und 3. Pers. Sing. Ind. Präs. führt zu der Frage, ob an anderen Stellen im Formensystem anderer Verben Nullendungen auftreten. Die gleichen Personal- und Numerusendungen in der 1. und 3. Pers. Sing. Ind. begegnen außer im Präsens der Modalverben auch im Präteritum der starken Verben:

ich / er darf - ich / er warf

Diese Beobachtung führt zu der Vermutung, daß die Präsensformen der Modalverben eigentlich Präteritumsformen starker Verben sind. Die historische Betrachtung bestätigt diese Annahme. Die mittelhochdeutschen Vorstufen der Präsensformen der Modalverben sind formal noch deutlicher als Präteritumsformen starker Verben erkennbar:

werfen	-	*ich warf*	-	*wir wurfen*
		ich darf	-	*wir durfen*
graben	-	*ich gruop*	-	*wir gruoben*
		ich muoz	-	*wir muozen*

Wegen der Übertragung der Präsensfunktion auf Präteritumsformen heißen diese Verben in flexivischer Sicht Präterito-Präsentia und lassen sich als starke Verben den Ablautreihen zuordnen. Diese Verbgruppe ist im Mittelhochdeutschen hauptsächlich durch 9 Verben vertreten: I *weiz*, II *touc*, III *gan*, *kan*, *darf*, *tar*, IV *scal*, V *mac*, VI *muoz*. Im Laufe der Entwicklung zum Neuhochdeutschen sind *touc* und *gan* zu normalen schwachen Verben umgeformt worden: *ich tauge, taugte; ich gönne, gönnte;* das Präterito-Präsens *tar* 'ich wage' ist auf dem Wege vom Mittelhochdeutschen zum Neuhochdeutschen verlorengegangen. Zu der auf 6 Verben verringerten Gruppe - das formal zugehörige *weiz* eingerechnet - ist *will* hinzugetreten, das kein Präterito-Präsens ist, sondern auf Optativformen zurückgeht und durch die Einwirkung verschiedener Lautgesetze und Ausgleichserscheinungen zu den flexivischen Übereinstimmungen mit den Präterito-Präsentia gelangte. *vermögen* gehört als Präfixbildung zu *mögen*.

Die Zurückführung der neuhochdeutschen Modalverben auf die mittelhochdeutschen Präterito-Präsentia und damit auf starke Verben erklärt die Nullendung in der 1. und 3. Pers. Sing. Ind. Präs. sowie den Vokalwechsel zwischen Singular und Plural Präsens bei *können, mögen, dürfen*: Hier ist der im Mittelhochdeutschen noch vorhandene Ablaut zwischen Singular und Plural Präteritum der starken Verben nicht wie bei den anderen starken Verben ausgeglichen worden.

mhd. *warf, wurfen* - nhd. *warf, warfen*
darf, durfen - *darf, dürfen*

brauchen als Modalverb

Die weitgehende Übereinstimmung von *brauchen* mit den Merkmalen der Modalverben führt zu der Frage, inwieweit es selbst als Modalverb angesehen werden kann. Wie ein Modalverb erscheint *brauchen* in Hinsicht auf folgende Kriterien:

Er hat nicht gehen brauchen.
(Infinitiv statt Partizip)

Er braucht nicht hin.
(Richtungsadverb statt Infinitiv)

..., *daß er nicht gehen braucht.*
(keine Ausklammerung möglich)

..., *daß er nicht hat gehen brauchen.*
(finites Verb vor den Infinitiven)

Der Anschluß des Infinitivs ohne *zu* wurde lange Zeit als Normabweichung bewertet, läßt sich aber ohne weiteres als Anpassung an die Modalverben verstehen. Auch die umgangssprachlich übliche umgelautete Konjunktivform *bräuchte* läßt sich hier einordnen. Entscheidend für die Auffassung des Verbs *brauchen* als Modalverb ist seine semantische Funktion in der Verbindung mit *nicht* als Negation des Modalverbs *müssen.*

Das semantische System der Modalverben

Die durch Flexion und Syntax hervorgehobenen sechs Modalverben lassen sich auch semantisch dadurch eng zusammenfassen, daß ihre Bedeutungen in einem System von drei Oppositionen stehen.

Er will kommen.
Er soll kommen.
Er darf kommen.
Er muß kommen.
Er kann kommen.
Er mag kommen.

Die jeweilige Modalität des Geschehens kann durch Paraphrasen ermittelt werden, die den Modalverben gleichwertig sind. *Er darf kommen* bedeutet so viel wie *Er hat die Erlaubnis zu kommen.* Das Verhältnis zwischen dem Subjekt *er* und dem von ihm ausgesagten Geschehen *kommen* wird vom Sprecher unter der Modalität der Erlaubnis dargestellt. Zu fünf der sechs Modalverben lassen sich derartige allgemeine Modalitäten zuordnen.

will :	Wille
soll :	Forderung
darf :	Erlaubnis
muß :	Notwendigkeit
kann :	Möglichkeit

will unterscheidet sich von *soll* und *darf* dadurch, daß das Verhältnis zum Handlungsvollzug vom Subjekt selbst bestimmt ist, während es bei *soll* und *darf* von außerhalb des Subjekts bestimmt ist: Die Forderung oder Erlaubnis geht von einem anderen Subjekt aus. *muß* und *kann* sagen in dieser Hinsicht nichts aus. *will* sowie *soll* und *darf* stehen im Hinblick auf die Merkmale intrasubjektiv - extrasubjektiv in Opposition zueinander, während *muß, kann* neutral sind.

intrasubjektiv: *will*	*muß, kann*
extrasubjektiv: *soll, darf*	

Den durch das Subjekt der Handlung oder durch andere Subjekte bestimmten Verhältnissen zwischen Subjekt und Handlungsvollzug als den subjektiven, bzw. autonomen Verhältnissen stehen die objektiven, kausal begründeten gegenüber. Möglichkeit und Notwendigkeit (*kann, muß*) stehen durch das Merkmal der Kausalität in Opposition zu Wille, Erlaubnis, Forderung (*will, darf, soll*), die das Merkmal der Autonomie enthalten.

Kausalität:	*muß, kann*
Autonomie:	*will, soll, darf*

will sagt nur etwas über den Willen des Subjekts selber aus und ist daher neutral im Hinblick auf die Frage der Möglichkeit, Erlaubnis oder Zulassung des Vollzugs oder der Notwendigkeit, Forderung oder Gebotenheit. Die dritte Opposition wird daher gebildet von *muß, soll* gegenüber *kann, darf:*

notwendig / gefordert / geboten:	*muß, soll*	*will*
möglich / erlaubt / zugelassen:	*kann, darf*	

Das semantische System der Modalverben läßt sich aufgrund der drei Oppositionen in einem Schema darstellen:

		möglich erlaubt zugelassen	notwendig gefordert geboten
kausal begründet		*kann*	*muß*
autonom gesetzt	von anderen (extrasubjektiv)	*darf*	*soll*
	vom Subjekt selbst (intrasubjektiv) gewollt	*will*	

In dieses System läßt sich das Modalverb *mögen* nicht einfügen, weil es zu viele verschiedene Bedeutungen aufweist. Es kann den Wunsch ausdrücken (*Ich mag nicht gehen*), aber auch die Möglichkeit (*Er mag recht haben*) und anderes mehr.

Die fünf anderen Modalverben sind in dem semantischen System mit ihren Grundbedeutungen erfaßt. Bestimmte weitere Bedeutungen werden deutlich, wenn subjektiver und objektiver Gebrauch von Modalverben unterschieden werden.

Die Modalverben in subjektivem und objektivem Gebrauch

Der Unterschied zwischen subjektivem und objektivem Gebrauch wird beispielsweise bei dem Verb *wollen* erkennbar.

Er will kommen.

Der Sprecher drückt damit aus, daß bei dem Handlungssubjekt der Wille besteht zu kommen; diese Aussage wird ohne Einschränkung gemacht und kann unter diesem Aspekt als objektiv bezeichnet werden.

Er will krank gewesen sein.

Der Sprecher drückt damit aus, daß das Handlungssubjekt behauptet, krank gewesen zu sein. Die Beziehung zwischen dem bereits vergangenen Handlungsvollzug und dem Handlungssubjekt ist als bloß gewollt gekennzeichnet. Wegen dieser Charakterisierung durch den Sprecher spricht man hier von subjektivem Gebrauch. Das Merkmal der Intrasubjektivität der Behauptung gilt auch hier, wie in der Gegenüberstellung zu *sollen* deutlich wird.

Er soll krank gewesen sein.

Der Sprecher drückt damit aus, daß andere behaupten, er sei krank gewesen. Hier ist die Behauptung extrasubjektiven Ursprungs.

Die übrigen Modalverben drücken in subjektivem Gebrauch die Modalität der Vermutung aus.

Das dürfte stimmen.
Er muß sich verrechnet haben.
Er kann krank gewesen sein.
Das mag stimmen.

Der Unterschied liegt in der Sicherheit der Vermutung, die beispielsweise durch *muß* den Charakter einer notwendigen Annahme erhält.

Analyse von Modalverbkomplexen

Bei der Analyse von verbalen Komplexen aus Modalverb und Infinitiv eines modifizierten Verbs ist die durch das Modalverb bezeichnete Modalität zu beschreiben.
In Text 9 (Z. 8f.) erscheint u. a. folgender Modalverbkomplex:

..., die im Rahmen eines solchen
Vorhabens nicht erfaßt werden
können und sollen.

Das gemeinte Vorhaben ist das betreffende Wörterbuch. Die Phänomene, um deren Erfassung es geht, sind „freie Erfindungen und Kombinationsmöglichkeiten, Wortableitungen und Zusammensetzungen" (Z. 6-8). Ihre Erfassung wird durch die Formulierung *nicht ... können und sollen* als weder möglich noch erforderlich bezeichnet. Die Nicht-Möglichkeit ist dadurch begründet, daß ein einmal abgeschlossenes Wörterbuch durch jederzeit mögliche Neubildungen überholt wird. Die Nicht-Erforderlichkeit beruht dagegen auf einer Setzung der Wörterbuchredaktion, die die Erfassung aller Neubildungen, selbst wenn sie möglich wäre, nicht für erforderlich hält. Das Beispiel kann veranschaulichen, wieviel Sprecherbeurteilung in Modalitätsaussagen enthalten sein kann.

Literaturhinweise

W. Admoni, Der deutsche Sprachbau, § 35.
H. Brinkmann, Die deutsche Sprache, S. 381 - 402.
Duden. Grammatik, Nr. 129 - 151.
J. Erben, Deutsche Grammatik, § 179 - 182.
Grundzüge einer deutschen Grammatik, S. 536 - 537.
G. Helbig - J. Buscha, Deutsche Grammatik, S. 100 - 115.
H. Paul, Deutsche Grammatik, II, § 190 - 195.

10. Bildungsweise, Bedeutung und Analyse von Funktionsverbgefügen

Funktionsverbgefüge als Ausdruck der 'Hauptwörterkrankheit'

In einer weitverbreiteten Stilfibel werden verbale Komplexe mit Funktionsverben, die hier Streckverben genannt werden, stilistisch negativ bewertet:

> **Streckverben.** Die einfachste Spielart der Hauptwörterkrankheit sind die Streckverben. Jedes Verbum kann man auseinanderstrecken, indem man das Verbum in ein Hauptwort verwandelt und ein farbloses Zeitwort hinzufügt. Also nicht: *Ich bedaure, daß Sie das beschlossen haben,* sondern: *Ich gebe meinem Bedauern Ausdruck, daß dieser Beschluß gefaßt worden ist.* Namentlich Menschen, die von Natur Langweiler und Kanzleiräte sind, neigen zu dieser Form der Hauptwörterei. Sie sind zu faul, um zu *besprechen,* zu *prüfen* und zu *entscheiden.* Sie *treten in Erwägungen ein,* sie *nehmen die Sache in Bearbeitung,* sie *stellen etwas unter Beweis* (weil sie die Juristen in ihrer Fachsprache so reden hören, wenn für eine zweifelhafte Sache der *Beweis angeboten* werden soll) und *fällen schließlich* - so Gott will - *eine Entscheidung.*
>
> *Meiden Sie die Streckverben!*
>
> aus: Ludwig Reiners, Stilfibel. Der sichere Weg zum guten Deutsch, Deutscher Taschenbuch Verlag 154, 10. A. München 1970, S. 87.

Ein entsprechender Ausdruck begegnet auch in Text 1 (Z. 5): *... die ich ... in Gebrauch nahm.* Ein Ersatz durch *die ich gebrauchte* erscheint aber nicht ohne weiteres als stilistisch besser, da seine semantische Gleichwertigkeit zumindest fraglich ist. Die betreffenden Bildungen bedürfen vor einer stilistischen Bewertung einer genaueren sprachwissenschaftlichen Analyse ihrer Bildung, Bedeutung und syntaktischen Eigenschaften. So kann auch ihre Berücksichtigung bei der Satzanalyse vorbereitet werden.

Die Bildungsweise der Funktionsverbgefüge

Der Vergleich eines einzelnen Verbs mit einer Umschreibung läßt die Bildungsweise erkennen:

beschließen - *einen Beschluß fassen*
entscheiden - *eine Entscheidung fällen*
bearbeiten - *in Bearbeitung nehmen*

beweisen - *unter Beweis stellen*
gebrauchen - *in Gebrauch nehmen*

Dem Verb *beschließen* entspricht in der Umschreibung das Substantiv *Beschluß*, bei dem es sich um einen bestimmten, u.a. durch den Ablaut charakterisierten Typ von Substantivbildung zu dem Verb *beschließen* handelt.
Das Funktionsverbgefüge enthält in allen zugehörigen Fällen ein Verbalsubstantiv, dessen Bildung auf verschiedene Weise erfolgt sein kann. Eine besondere Rolle spielt dabei das *-ung*-Suffix.
Das Verbalsubstantiv steht entweder im Akkusativ oder es ist mit einer festen Präposition eingeleitet.
Die Aussage des einfachen Verbs ist auf das Verbalsubstantiv übertragen worden. Das dem einfachen Verb entsprechende Substantiv kann aber nicht die syntaktische Funktion des Verbs erfüllen; es bedarf daher einer verbalen Ergänzung. Als diese Ergänzung fungieren in den Beispielen die Verben *fassen, füllen, nehmen, stellen*, an denen Person und Numerus, Modus und Tempus ausgedrückt werden. Da die Bedeutung der zugrundeliegenden Verben in den Verbalsubstantiva enthalten ist, wirken diese hinzugekommenen Verben semantisch überflüssig, „farblos", und scheinen auf die bloße grammatische Funktion beschränkt, weshalb sie die Bezeichnung Funktionsverben erhalten haben.
Neben den genannten Beispielen gibt es noch eine Fülle anderer Funktionsverben, z.B.

stehen: *in Verbindung stehen*
geraten: *ins Stocken geraten*
setzen: *in Erstaunen setzen* usw.

Besonders häufig sind die Verben *kommen* und *bringen*. Bei ihnen wird der Charakter des Funktionsverbs sehr deutlich, da diese Wörter konkrete Bedeutungen haben, die im Funktionsverbgefüge gerade nicht vorliegen. Es stellt sich aber im Hinblick auf die angeblich geringe Bedeutung der Funktionsverben die Frage, ob die Funktionsverben austauschbar sind.

durchführen und *vornehmen* können in verschiedenen Gefügen gegeneinander ausgetauscht werden:

eine Untersuchung durchführen / vornehmen

Bei *kommen* und *bringen* ist ein solcher Austausch aber nicht möglich:

in Verbindung bringen – in Verbindung kommen

Diese beiden Funktionsverbgefüge haben offensichtlich verschiedene Bedeutungen. Diese Bedeutungsverschiedenheit kann wegen der Identität der anderen Bestandteile nur auf der Opposition von *kommen* und *bringen* beruhen. Die Funktionsverben besitzen demnach neben der grammatisch-syntaktischen auch eine semantische Funktion.

Die Funktionsverbgefüge und die Aktionsarten

Er hat uns in Verbindung gebracht.
Wir sind durch ihn in Verbindung gekommen.
Wir stehen mit ihm in Verbindung.

Ein Ersatz des Funktionsverbgefüges *in Verbindung bringen* durch *in Verbindung kommen* oder *in Verbindung stehen* führt zu semantischen Veränderungen. Die semantischen Unterschiede zwischen den Funktionsverbgefügen betreffen nicht den Vorgang des Verbindens im ganzen, sondern kennzeichnen die Verlaufsweise des Vorgangs, die sogenannten Aktionsarten:

in Verbindung bringen bezeichnet das Verursachen des Vorgangs,
in Verbindung kommen bezeichnet das Erreichen eines Grenzpunktes,
in Verbindung stehen bezeichnet das Andauern des Vorgangs.

Der Vergleich zeigt, daß mit Hilfe der Funktionsverbgefüge, und zwar mit Hilfe der an ihnen beteiligten Funktionsverben, Aktionsarten ausgedrückt werden können, die bei dem einfachen Verb unberücksichtigt bleiben.

in Verbindung bringen ist ein kausatives Funktionsverbgefüge,
in Verbindung kommen ist ein terminatives (oder perfektives) Funktionsverbgefüge,
in Verbindung stehen ist ein duratives Funktionsverbgefüge.

in Verbindung bringen, in Verbindung kommen und *in Verbindung stehen* stehen außerdem in einem ähnlichen syntaktischen Verhältnis zueinander wie *verbinden, verbunden werden* und *verbunden sein.*

Greift man die Aktionsart des Bewirkens oder Veranlassens heraus, die in *in Verbindung bringen* ausgedrückt wird, so können dazu Parallelbeispiele mit demselben und mit anderen Funktionsverben gestellt werden:

zum Abschluß bringen	*in Gang setzen*
zum Einsatz bringen	*in Bewegung setzen*
zur Anwendung bringen	*in Brand setzen*
zum Erlöschen bringen	*in Betrieb setzen*

Alle diese Gefüge können als Kausativa verstanden werden.

Aufschlußreich ist die Einordnung der kausativen Funktionsverbgefüge unter sprachhistorischem Aspekt. Die historische Betrachtung gilt also in diesem Fall der sprachlichen Funktion 'kausative Aktionsart', nicht den Sprachformen der Funktionsverbgefüge, die ebenfalls sprachgeschichtlich untersucht werden könnten,da ähnliche Gefüge schon im Althochdeutschen vorkommen.

Kausativbildungen im Althochdeutschen

Das Funktionsverbgefüge *in Brand setzen* steht als Kausativum im Neuhochdeutschen neben dem einfachen Verb *brennen*, das durative Aktionsart ausdrückt.
Das schwache Verb *brennen* lautete auch im Althochdeutschen und Mittelhochdeutschen *brennen*; als germanische Vorstufe ist **brann-jan* anzusetzen. Dieser Ableitung liegt die Präteritumsform *brann* eines starken Verbs *brinnan* zugrunde, das es im Althochdeutschen noch gab. Beide Verben waren in ihrer Bedeutung verschieden:

brinnan 'brennen'
brennen 'brennen machen', 'in Brand setzen'

Das starke Verb *brinnan* war demnach ein Durativum, das schwache Verb *brennen* ein Kausativum. Im Neuhochdeutschen sind beide Verben so zusammengefallen, daß das schwache Verb *brennen* die Bedeutung des starken Verbs *brinnan* übernommen hat. Es fehlte daher ein sprachliches Zeichen für die frühere Bedeutung des schwachen Verbs *brennen*. Dessen Bedeutung 'brennen machen' wird im Neuhochdeutschen durch das Funktionsverbgefüge *in Brand setzen* ausgedrückt. Das Funktionsverbgefüge läßt sich als zusammengesetzte Kausativbildung verstehen, die die heute nicht mehr produktive Bildungsweise mit *-jan*-Suffix abgelöst hat.

	durativ 'brennen'	kausativ 'brennen machen'
ahd.	*brinnan* st. V.	*brennen* sw. V.
nhd.	*brennen* sw. V.	*in Brand setzen* Fvg.

Das Problem der stilistischen Bewertung der Funktionsverbgefüge

Zu der stilistischen Bewertung der Funktionsverbgefüge als Spielart der 'Hauptwörterkrankheit' kann nun sprachwissenschaftlich begründet Stellung genommen werden. Dabei ist von folgenden Ergebnissen der vorhergehenden Abschnitte auszugehen: In semantischer Hinsicht erlauben die Funktionsverbgefüge vielfach gegenüber den einfachen Verben eine genauere Bezeichnung von Aktionsarten und sind insofern aus der Sicht der Wortbildung als zusammengesetzte Aktionsartenbezeichnungen zu verstehen, was insbesondere an den Kausativa deutlich wird.

Mit dem Nachweis einer eigenen semantischen Funktion ist aber die stilistische Berechtigung der Funktionsverbgefüge im Prinzip anerkannt. *in Gebrauch nehmen* in Text 1 ist nicht lediglich eine 'Streckung' von *gebrauchen*; das Funktionsverbgefüge bringt vielmehr die terminative Aktionsart zum Ausdruck, die dem einfachen Verb fehlt.

Das Problem einer stilistischen Bewertung stellt sich dann nur noch da, wo das Funktionsverbgefüge gegenüber den entsprechenden einfachen Verbformen semantisch keine Mehrleistung erbringt, d.h. wo die Aktionsart nicht verändert wird.

Analyse von Funktionsverbgefügen

Bei der Satzanalyse erweist es sich stets als vorteilhaft, komplexe verbale Fügungen als Ganzes zu analysieren. Funktionsverbgefüge werden daher als Verbalkomplexe aufgefaßt. Bei der Satzanalyse stellt sich öfters das Problem, einen verbalen Ausdruck und mit ihm verbundene akkusativische oder präpositionale Substantive als Funktionsverbgefüge zu bestimmen.

in Bewegung gesetzt haben (Text 2, Z. 8f.)
Der Verbalkomplex erfüllt die morphologische Bedingung, ein Verbalsubstantiv (*Bewegung*) sowie ein charakteristisches Funktionsverb (*setzen*) zu enthalten.

eine Erklärung geben will (Text 9, Z. 17)
Der Verbalkomplex enthält ebenfalls ein Verbalsubstantiv (*Erklärung*) und ein Funktionsverb (*geben*).

Funktionsverbgefüge besitzen ferner eine Reihe syntaktischer Eigenschaften, die man durch gezielte Proben ermitteln kann. Der Artikelgebrauch ist bei den Funktionsverbgefügen relativ fest:

in Bewegung setzen
in die Bewegung setzen
in eine Bewegung setzen
eine Erklärung geben
die Erklärung geben
Erklärung geben

Artikellose Gefüge wie *in Bewegung setzen* können in der Regel keinen Artikel aufnehmen. Umgekehrt ist eine Fügung mit Artikel meist nicht artikellos möglich. Allerdings kann bei *eine Erklärung geben* auch der bestimmte Artikel stehen.
Das Verbalsubstantiv ist in der Regel nicht pronominal ersetzbar:

..., *er müsse ... Arme und Beine ... in Bewegung gesetzt haben*
[*er müsse Arme und Beine dahinein gesetzt haben*]

..., wenn man für alle Wörter eine Erklärung geben will
- wenn man sie für alle Wörter geben will

Der Ausdruck *eine Erklärung geben* steht einer Verbindung von Verb und Akkusativobjekt nahe; die geringere Festigkeit der Fügung zeigt sich auch bei der Probe der Attributfähigkeit:

in schnelle Bewegung setzen
eine erschöpfende Erklärung geben
[*zur vollständigen Kenntnis nehmen*]

Funktionsverbgefüge wie *zur Kenntnis nehmen* sind so fest verknüpft, daß sie kein Adjektivattribut aufnehmen können; bei anderen ist dies dagegen wohl möglich. Es ergibt sich ein Übergangsbereich zwischen Funktionsverbgefüge und syntaktischer Verbindung von Verb und akkusativischer oder präpositionaler Ergänzung, der bei der Behandlung derartiger Gefüge innerhalb der Satzanalyse Spielraum läßt.

Literaturhinweise

W. Admoni, Der deutsche Sprachbau, § 34, 35.
H. Brinkmann, Die deutsche Sprache, S. 253 - 262.
Duden. Grammatik, Nr. 1133.
Einführung in die Grammatik und Orthographie, S. 92.
J. Erben, Deutsche Grammatik, § 112.
Grundzüge einer deutschen Grammatik, S. 431 - 442.
G. Helbig - J. Buscha, Deutsche Grammatik, S. 74 - 81.
W. Jung, Grammatik der deutschen Sprache, Nr. 552.
Die deutsche Sprache, II, S. 1028 - 1030.

11. Die Verbstellung in ihrer syntaktischen Funktion

Das Auftreten finiter und infiniter Verbformen in Sätzen

Verbale Formen treten als einfache finite Formen oder als Verbindungen einer finiten Form mit einer oder mehreren infiniten Formen auf. Sie können in mehrgliedrigen verbalen Komplexen, beispielsweise in Modalverbfügungen oder Funktionsverbgefügen enthalten sein. In jedem Fall ist eine finite Verbform vorhanden:

er müsse ... in Bewegung gesetzt haben (Text 2, Z. 7-9)

In einfachen kurzen Sätzen läßt sich das Auftreten finiter und infiniter Verbformen am deutlichsten beobachten (Beispiele aus Text 2):

1) *Seine Geburt w a r glänzend* (Z.1)
2) *Er t r i e b wohl mit Vorliebe viel Sport* (Z. 5)
3) *So h a t er zum Beispiel einen Stall gründlich g e r e i n i g t* (Z. 10 f.)
4) *daß er zu einer Dame k a m* (Z. 17 f.)
5) *die ihn ungemein u m s t r i c k t e* (Z. 18)
6) *als der Athlet genug g e t a n z u h a b e n g l a u b t e* (Z. 15 f.)
7) *G e s c h e h nichts Böseres!* (Z. 23)
8) *S c h l a f e n die Kinder ?* (Text 3, Z. 35)

Deutlich ist in den Sätzen 4 bis 6 eine Endstellung der finiten Verbform erkennbar; ebenso deutlich ist die Spitzenstellung in den Sätzen 7 und 8. Satz 2 und 3 zeigen die finite Verbform als zweites Wort. In Satz 1 geht der Verbform ein aus zwei Wörtern bestehendes Nominalsyntagma voraus, das insoweit als Einheit verstanden werden kann. Im Hinblick darauf kann auch in Satz 1 von Zweitstellung des finiten Verbs gesprochen werden. Im Vorgriff auf die Analyse nominaler Syntagmen kann die Zweitstellung des Verbs durch eine Pronominalisierung verdeutlicht werden:

Seine Geburt war glänzend.
Sie war glänzend.

Die Spitzenstellung des Verbs

Sätze mit Spitzenstellung des Verbs können, wie die angeführten Beispiele 7 und 8 zeigen, als selbständige Sätze vorkommen. Die Funktion der Spitzenstellung läßt sich mit der Modalitätskategorie beschreiben. Das Auftreten der Modi Imperativ oder Konjunktiv charakterisiert derartige Sätze als Aufforderungs- oder Wunschsätze:

Gib mir den Ball!
Käme er doch endlich.

Indikativformen in Spitzenstellung werden mit einer charakteristischen Intonation verbunden, die den Fragesatz charakterisiert, der hier als Entscheidungsfrage auftritt:

Schlafen die Kinder?

Sätze mit Spitzenstellung wenden sich daher vielfach direkt an einen Partner, von dem eine Handlung oder eine Antwort erwartet wird. H. Brinkmann und J. Erben nennen solche Sätze daher 'Partnersätze'.

Text 2 enthält noch einen weiteren Fall von Spitzenstellung:
Irr ich nicht (Z. 1)
Der Satz erweist sich in der Herauslösung aus dem Kontext als unselbständig. Eine Umformung kann dies verdeutlichen und zugleich den Satztyp erkennen helfen:
Wenn ich nicht irre, so ...
Spitzenstellung tritt also in Sätzen auf, die eine Bedingung enthalten; sie sind unselbständig, da sie nicht ohne den Nachsatz vorkommen, der die an die Bedingung geknüpfte Aussage enthält. Da diesen Sätzen die konditionale Konjunktion *wenn* als Einleitewort fehlt, nennt man sie nichteingeleitete Konditionalsätze.

Die Endstellung des Verbs

Bei der Umformung des nichteingeleiteten Konditionalsatzes in einen *wenn*-Satz nimmt das finite Verb die Endstellung ein, die es in den Beispielen 4 bis 6 zeigt:

Wenn ich nicht i r r e

Die genannten Beispiele sind alle unselbständige Sätze, die nur in Verbindung mit anderen Sätzen vorkommen können; es sind sogenannte Nebensätze.

Außer der Endstellung des finiten Verbs ist auch das Einleitewort für derartige Sätze charakteristisch: Nebensätze beginnen entweder mit einer Konjunktion wie *daß, als, wenn* oder mit einem Relativpronomen wie *die.*
Nebensätze ohne Einleitewort wie der in Text 2 vorkommende Konditionalsatz sind selten.

Die Zweitstellung des Verbs

Wie die Beispiele 1 bis 3 zeigen, sind Sätze mit Zweitstellung des finiten Verbs selbständige Sätze. In den Beispielsätzen werden vergangene Ereignisse ohne Einschränkung der Geltung ausgesagt.
Das jeweils vor dem Verb stehende Element läßt sich in den Beispielen 1 und 2 unter Beibehaltung des Satzes durch ein Interrogativpronomen ersetzen. Es kommt dann die charakteristische Intonation hinzu, die zusammen mit dem Pronomen den Fragesatz kennzeichnet, der hier als Ergänzungsfrage auftritt:

Was war glänzend?
Wer trieb ... viel Sport?

Aus dem Aussagesatz mit Zweitstellung des Verbs kann durch die Intonation allein auch eine Entscheidungsfrage werden, die sonst die Spitzenstellung zeigt:

Seine Geburt war glänzend?
War seine Geburt glänzend?

Sätze mit Zweitstellung des Verbs können durch den Konjunktiv oder durch Modalverben auch besondere Modalitätskennzeichnung erhalten:

Er war der Sohn einer Fürstin (Z. 2)
Er sei der Sohn einer Fürstin
Er soll der Sohn einer Fürstin sein

Die wichtigste Funktion der Zweitstellung ist offenbar die Kennzeichnung des selbständigen Satzes, des sogenannten Hauptsatzes.
Im älteren Neuhochdeutsch und in dichterischer Sprache auch des 20. Jahrhunderts begegnen freilich auch selbständige Sätze mit Endstellung und mit Spitzenstellung, ohne daß die Spitzenstellung hier Frage oder Aufforderung bezeichnete:

Und alle die Männer umher und Frauen
Auf den herrlichen Jüngling verwundert s c h a u e n (Schiller)

Kein Tropfen aus dem Becher s p r a n g (Hofmannsthal)

F ü l l e s t wieder Busch und Tal (Goethe)

S a n g e n Vögel aller Art ... (Eichendorff)

Die Verbstellungstypen

Die Verbstellungstypen Spitzenstellung, Zweitstellung und Endstellung lassen sich zusammenfassend nach ihren syntaktischen Bedingungen und Funktionen systematisch darstellen. Dabei soll die Selbständigkeit oder Unselbständigkeit des Satzes als Haupt- oder Nebensatz als Satzrang bezeichnet werden, womit der Status innerhalb eines Satzgefüges berücksichtigt wird. Aussage, Frage und Aufforderung lassen sich als kommunikative Grundfunktionen verstehen. Verbstellung, Satzrang und kommunikative Satzfunktion stehen in folgendem Verhältnis zu einander:

	Satzrang:	Hauptsatz			Nebensatz	
		Funktion:			Einleitungstyp:	
		Aussage	Frage	Aufforderung	nicht eingeleitet	eingeleitet
	Zweitstellung	+	+	+	–	–
Verbstellung:	Spitzenstellung	–	+	+	+	–
	Endstellung	–	–	–	–	+

Die in mehreren Funktionen auftretenden Stellungstypen unterscheiden sich durch zusätzliche Merkmale. Bei der Spitzenstellung kennzeichnet den Fragesatz die charakteristische Intonation, den Aufforderungssatz der Modus Imperativ oder Konjunktiv, den nichteingeleiteten Nebensatz sein Satzrang und seine konditionale Bedeutung. Ebenso ist bei Zweitstellung des Verbs der Fragesatz durch die Intonation und zum Teil durch ein Fragewort gekennzeichnet, der Aufforderungssatz durch den Modus des Konjunktivs.
Die Aufstellung ist nicht vollständig, da von seltener auftretenden Sonderfällen abgesehen wurde. Sie berücksichtigt in jedem Fall nur die Position der finiten Verbform. Bei einer Einbeziehung der infiniten Formen ergeben sich weitere Regelmäßigkeiten der Verbstellung.

Verbale Umklammerung

In dem folgenden selbständigen Satz aus Text 2 steht das finite Verb an zweiter Position.

So h a t er zum Beispiel einen Stall gründlich g e r e i n i g t. (Z. 10 f.)

Das finite Verb ist hier das Hilfsverb *hat*, das mit dem Partizip *gereinigt* die Perfektform bildet. Die beiden morphologisch eng zusammengehörigen Teile der Per-

fektform stehen im Satz getrennt: das finite Hilfsverb an zweiter, die infinite Partizipform an letzter Stelle. Die beiden Teile umklammern - bildlich ausgedrückt - die zwischen ihnen stehenden Teile des Satzes.
In Nebensätzen mit der kennzeichnenden Endstellung des finiten Verbs steht am Anfang ein ebenfalls kennzeichnendes Element, das Einleitewort:

d a ß er Riesenarbeit l e i s t e t e (Z. 10)
d e r die Reisenden b e l ä s t i g t e (Z. 14)

Einleitewort und finites Verb umklammern den gesamten Satz. Im selbständigen Satz mit Zweitstellung bleibt dagegen der Satzanfang stets außerhalb der Klammer.
Eine Durchsicht des Textes 2 läßt eine Vielzahl von Möglichkeiten erkennen, aus welchen Bestandteilen die verbale Umklammerung im selbständigen Satz gebildet wird:

1) *Der Junge l e g t e frühzeitig Proben einer bemerkenswerten Stärke a b.* (Z. 4f.)
2) *So h a t er zum Beispiel einen Stall gründlich g e r e i n i g t.* (Z. 10 f.)
3) *... und l e g t e einen Wegelagerer l a h m* (Z. 14)

Beispiel 1 zeigt den in der Wortbildung des Verbs sehr häufigen Fall der trennbaren Zusammensetzung (*ablegen*), der der Präfixbildung semantisch nahe steht. Das abtrennbare Bestimmungswort *ab* bildet den zweiten Klammerteil. Ähnlich ist Satz 3 zu beurteilen, der eine Zusammensetzung aus Adjektiv und Verb zeigt: *lahmlegen.*

Beispiel 2 repräsentiert die ganze Reihe der Hilfsverbkomplexe mit *haben, sein* oder *werden* und dem Partizip oder Infinitiv: Konjunktivumschreibung, Futur I und II, Perfekt, Plusquamperfekt, Passiv.

Verbale Umklammerungen werden ferner aus Modalverb und Infinitiv, aus Funktionsverb und Verbalsubstantiv sowie aus den Bestandteilen verbaler Redewendungen gebildet:

er *will ... kommen*
er *setzt ... in Bewegung*
er *macht ... Wesens*

Die Fälle sind in der folgenden Tabelle zusammengefaßt:

Allgemeine Klassifizierung	Erster Klammerteil	Zweiter Klammerteil
Hilfsverbkonstruktionen		
Modus: Konjunktiv	*würde*	Infinitiv
Tempus: Futur I	*werden* (Präs.)	Infinitiv
Futur II	*werden* (Präs.)	Partizip + *sein/haben*
Perfekt	*sein/haben* (Präs.)	Partizip
Plusquamperfekt	*sein/haben* (Prät.)	Partizip
Genus verbi: Passiv	*sein/werden*	Partizip
Modalverbkonstruktionen	Modalverb	Infinitiv
Sonstige Verben mit modaler Funktion	modales Verb	Infinitiv mit *zu*
Funktionsverbgefüge	Funktionsverb	Verbalsubstantiv im Akkusativ oder mit Präposition
Zusammengesetzte Verben mit präfixähnlicher Vorsilbe	finites Verb	trennbare Vorsilbe
mit substantivischem, adjektivischem oder verbalem Bestimmungswort	finites Verb	Bestimmungswort
Verbale Redewendung	finites Verb	nicht-finiter Teil der Redewendung

Ausklammerung

Die Untersuchung der Verbstellung in den Texten im Anhang führt auf Fälle, in denen zwar die beschriebene Umklammerung festgestellt werden kann, die Sätze aber auch noch nach dem klammerschließenden Element weitergehen:

Die Hochschulen bereiten auf eine berufliche Tätigkeit vor, welche die Anwendung wissenschaftlicher Erkenntnisse und wissenschaftlicher Methoden oder die Fähigkeit zu künstlerischer Gestaltung erfordert. (Text 8, Z. 3-6)

Der am Einleitewort *welche* und an der Endstellung des Verbs *erfordert* erkennbare Nebensatz steht hinter dem klammerschließenden Verbzusatz *vor.* Eine Umstellprobe verdeutlicht, daß der Nebensatz auch innerhalb der verbalen Umklammerung stehen könnte:

Die Hochschulen bereiten auf eine berufliche Tätigkeit, welche die Anwendung wissenschaftlicher Erkenntnisse und wissenschaftlicher Methoden oder die Fähigkeit zu künstlerischer Gestaltung erfordert, vor.

Die Umstellprobe läßt zugleich erkennen, daß mit der tatsächlichen in dem belegten Satz gegebenen Ausklammerung des Nebensatzes die Bildung einer allzu langen und das Verständnis erschwerenden Umklammerung vermieden wird. Außer Nebensätzen können auch andere Teile von Sätzen ausgeklammert werden:

Die Hochschulen bereiten vor auf eine berufliche Tätigkeit, welche ...

Die Bestimmung der Verbstellung im Rahmen der Satzanalyse

Die Verbstellungstypen können bei der Analyse von Satzgefügen wichtige Hilfe leisten. In dem umfangreichen Satzgefüge von Thomas Mann (Text 5) sind zahlreiche finite Verbformen in Endstellung auszumachen, die den unselbständigen Status des betreffenden Satzes anzeigen:

steht (Z. 2), *wird* (Z. 3), *hat* (Z. 4), *gedenkt* (Z. 5), *drängt* (Z. 7), *wünscht* (Z. 9), *will* (Z. 10), *hat* (Z. 12).

Das Gefüge enthält nur ein einziges finites Verb *sind* (Z. 1), das nicht in Endstellung steht und den Hauptsatz markiert. Der das Gefüge tragende Hauptsatz kann in diesem Fall durch eine Weglassung aller Nebensätze sichtbar gemacht werden, was die Analyse insgesamt erleichtert:

Die Großen, das sind die achtzehnjährige und braunäugige Ingrid, ein sehr reizvolles Mädchen, und Bert, blond und siebzehnjährig.

Die Feststellung der Ausklammerung eines Nebensatzes, wie sie im vorhergehenden Abschnitt besprochen wurde, fördert ebenfalls die Gefügeanalyse. Der wiederum an der Endstellung erkannte Nebensatz läßt sich in die Klammer zu dem Satzteil stellen, zu dem er gehört; er läßt sich auch mit diesem Satzteil zusammen ausklammern. Die Berücksichtigung dieser Möglichkeiten führt zur zutreffenden Bestimmung der syntaktischen Funktion und zur angemessenen Beschreibung der Stellung des Nebensatzes, wie schrittweise in den weiteren Kapiteln deutlich werden wird.

Literaturhinweise

W. Admoni, Der deutsche Sprachbau, § 66 - 68.
O. Behaghel, Deutsche Syntax, IV, § 1427 - 1461.
H. Brinkmann, Die deutsche Sprache, S. 463 - 474.
I. Dal, Kurze deutsche Syntax, § 126 - 129.
Duden. Grammatik, Nr. 1492 - 1529.
Einführung in die Grammatik und Orthographie, S. 191 - 203.
J. Erben, Deutsche Grammatik, § 449 - 455, 526 - 534.
H. Glinz, Die innere Form des Deutschen, S. 85 - 98.
Grundzüge einer deutschen Grammatik, S. 702 - 724.
G. Helbig - J. Buscha, Deutsche Grammatik, S. 498 - 517.
W. Jung, Grammatik der deutschen Sprache, Nr. 287 - 297.
H. Paul, Deutsche Grammatik, III, § 56 - 75.
W. Schmidt, Grundfragen der deutschen Grammatik, S. 256 - 274.
Die deutsche Sprache, II, S. 927 - 928, 934 - 950.

12. Satzgliedermittlung, Verbvalenz und Satzstruktur

Ermittlungsverfahren für Satzglieder

Bei der Analyse von Nominalsyntagmen (vgl. Kapitel 6) wird von den beteiligten Wörtern, ihrer Wortart und ihrer flexivischen Kongruenz ausgegangen. Als Nominalsyntagma läßt sich die jeweils kleinste flexivisch kongruente Gruppe von Wörtern nominaler Wortart verstehen. Welche Funktion einem derartigen Syntagma innerhalb des Satzes zukommt, bedarf einer eigenen Prüfung. Dabei werden die Beobachtungen zur Position des finiten Verbs zugrundegelegt.

Das Syntagma *des Kirchenchores* läßt sich als Gen. Sing. des maskulinen Substantivs *Kirchenchor* mit bestimmtem Artikel bestimmen. In dem Satz, aus dem es stammt (Text 3, Z. 14), bildet es für sich genommen keinen eigenen Bestandteil, wie sich durch Umstellproben zeigen läßt:

Die Probe des Kirchenchores dauert bis neun Uhr.
Bis neun Uhr dauert die Probe des Kirchenchores.

Eine getrennte Umstellung der Syntagmen *die Probe* und *des Kirchenchores* ergibt keine sinnvollen, mit dem Ausgangssatz gleichbedeutenden Sätze. Die beiden Syntagmen lassen sich nur gemeinsam umstellen. Sie stehen im Text gemeinsam an der ersten Position des Satzes vor dem in Zweitstellung befindlichen Verb. Sie sind in dieser Erststellung auch durch ein Pronomen ersetzbar:

Sie dauert bis neun Uhr.

Syntagmen oder Verbindungen von Syntagmen, die diese Kriterien erfüllen, sind Satzglieder. Satzglieder können demnach aus einzelnen Wörtern, wie in der Ersatzprobe aus dem Personalpronomen, aus einzelnen Syntagmen wie *bis neun Uhr* oder aus Verbindungen von Syntagmen bestehen wie in dem Fall *die Probe des Kirchenchores.* Daneben stehen die aus finiten und gegebenenfalls infiniten Formen bestehenden verbalen Satzglieder.

Sätze als Satzglieder und Satzgliedteile

Weitere Proben zeigen, daß auch Sätze Satzglieder oder Teile von Satzgliedern sein können:

Wie's mit seiner Erziehung stand, wissen wir nicht. (Text 2, Z. 5 f.)
Wir wissen nicht, wie's mit seiner Erziehung stand.

Der an der ersten Stelle des gesamten Satzes stehende *wie*-Satz läßt sich auch durch ein Pronomen ersetzen:

Das wissen wir nicht.

Der *wie*-Satz ist also Satzglied.

Die Hochschulen bereiten auf eine berufliche Tätigkeit vor, welche die Anwendung wissenschaftlicher Erkenntnisse und wissenschaftlicher Methoden oder die Fähigkeit zu künstlerischer Gestaltung erfordert. (Text 8, Z. 3-6)

Der ausgeklammerte *welche*-Satz läßt sich vor das klammerschließende Element *vor* bringen und mit dem Syntagma *auf eine berufliche Tätigkeit* geschlossen umstellen, und zwar an die erste Stelle:

Auf eine berufliche Tätigkeit, welche ... erfordert, bereiten die Hochschulen vor.

Auch bei der Anfangsstellung des Syntagmas *Auf eine berufliche Tätigkeit* mag eine Ausklammerung des *welche*-Satzes denkbar sein:

Auf eine berufliche Tätigkeit bereiten die Hochschulen vor, welche... erfordert.

Für die Satzgliedermittlung ist aber die Erststellenfähigkeit des ganzen Komplexes ausschlaggebend. Auf ihn läßt sich auch die Ersatzprobe mit einem Pronominaladverb anwenden:

Darauf bereiten die Hochschulen vor.

Der *welche*-Satz ist hier also Teil eines nominalen Satzgliedes.

Satzstruktur, Satzrang und Satzfunktion

Umstellproben lassen sich auch unter Einbeziehung des verbalen Satzgliedes durchführen:

Dauert die Probe des Kirchenchores bis neun Uhr?
[Er weiß, daß] *die Probe des Kirchenchores bis neun Uhr dauert.*

Die Spitzenstellung des Verbs und entsprechende Intonation kennzeichnen dann die andere Funktion des Fragesatzes gegenüber dem Aussagesatz.
Die Endstellung des Verbs in Verbindung mit der Konjunktion *daß* kennzeichnet den anderen Rang des Satzes als Nebensatz, der in der angegebenen Konstruktion als Satzglied fungiert.
Die Satzglieder *die Probe des Kirchenchores* und *bis neun Uhr* bewahren aber ihre Gestalt unabhängig von der kommunikativen Funktion des Satzes und unabhängig von seinem Rang. In ihrer Gestalt kommt die grammatische Struktur des Satzes zum Ausdruck, die vom Verb aus erfaßt und beschrieben werden kann.

Satzstruktur und Verbvalenz

In dem folgenden Satz aus Text 3 (Z. 15) lassen sich durch Umstell- und Ersatzprobe zwei nominale Satzglieder bestimmen:

Er wartete auf Hildegard.
Auf Hildegard wartete er.
Auf sie wartete er.

Das Satzglied *er* steht im Nominativ; das zweite Satzglied wird durch die Präposition *auf* eingeleitet, die hier den Akkusativ fordert. Die beiden Satzglieder lassen sich durch Indefinitpronomen ausdrücken:

jemand wartet auf jemanden
oder *jemand wartet auf etwas*

Ein Ersatz von *warten* durch *erwarten* hat für eines der beiden Satzglieder Konsequenzen:

Er erwartete Hildegard.
jemand erwartet jemanden
oder *jemand erwartet etwas*

Anstelle des Präpositionalsyntagmas mit *auf* steht nach *erwarten* ein Akkusativsyntagma. Eine Konstruktion von *warten* mit Akkusativ oder von *erwarten* mit *auf* ist nicht möglich. Derartige Festlegungen werden unter dem Begriff der Valenz beschrieben.

Jedes Verb eröffnet im Zusammenhang mit seiner Bedeutung Plätze für eine gewisse Zahl von syntaktisch und semantisch festgelegten Satzgliedern. Ihre syntaktische Gestalt läßt sich durch die angegebenen Satzmuster mit Indefinitpronomen beschreiben; die semantischen Bedingungen für die Satzglieder sind damit nur ansatzweise erfaßt.

In dem analysierten Satz sind beide Satzglieder in ihrer syntaktischen Gestalt von dem Verb *warten* bestimmt; man nennt das Verb daher im hier auftretenden Gebrauch zweiwertig; die beiden valenzbedingten Satzglieder werden Ergänzungen genannt.

Obligatorische und fakultative Ergänzungen

Ein Unterschied in der Art der Verbabhängigkeit läßt sich durch Weglaßproben ermitteln:

Er wartete auf Hildegard.
Er wartete.

Die Hochschulen bereiten auf eine berufliche Tätigkeit vor, welche ... erfordert.
[*Die Hochschulen bereiten vor.*]

Das Verb *warten* kann also auch einwertig vorkommen, das Verb *vorbereiten* nicht. *Jemand wartet* ist ein vollständiger Satz, *jemand bereitet vor* nicht; erst ein Satz *jemand bereitet etwas vor* kann als vollständiger Satz angesehen werden.

Das Verb *vorbereiten* verlangt obligatorisch zwei Ergänzungen, eine im Nominativ und eine im Akkusativ. Das Verb *warten* verlangt obligatorisch nur eine Ergänzung im Nominativ. Es eröffnet zusätzlich eine zweite Satzgliedstelle, die dann nur mit einer Präpositionalergänzung mit *auf* oder einem ihr entsprechenden Nebensatz oder Infinitiv gefüllt werden kann. Diese Ergänzung ist fakultativ; das Verb *warten* ist demnach obligatorisch einwertig, fakultativ zweiwertig. Das Verb *vorbereiten* ist obligatorisch zweiwertig, fakultativ dreiwertig:

jemand bereitet jemanden (auf oder für etwas) vor

Unterschiedliche fakultative und obligatorische Valenz kann bei Bedeutungsvarianten desselben Verbs auftreten. Das Verb *schlafen* wird in Text 3 (Z. 35) in der

Bedeutung 'ruhen' verwendet, die obligatorisch nur eine Nominativergänzung verlangt, fakultativ noch eine Adverbialergänzung zuläßt:

Schlafen die Kinder?
Schlafen die Kinder fest?

Daneben steht die zweiwertige Bedeutungsvariante 'übernachten', die außer der Nominativergänzung noch eine Präpositionalergänzung erfordert:

jemand schläft im Hotel

Strukturmodelle von Sätzen

Nach der unterschiedlichen Zahl und nach der unterschiedlichen syntaktischen Gestalt der Ergänzungen sind den Verben in ihren jeweiligen Bedeutungen ganz bestimmte Strukturmuster zugeordnet, Modelle möglicher Sätze, die in konkreten Sätzen realisiert werden. Derartige Muster oder Modelle werden auch als Satzbaupläne bezeichnet. Satzbaupläne im hier gemeinten Sinn sind die durch die Verbvalenz vorgegebenen Modelle von Sätzen, unabhängig von der kommunikativen Funktion und vom syntaktischen Rang von Sätzen. Die Satzbaupläne lassen sich durch die pronominale Füllung der valenzgegebenen Satzgliedpositionen veranschaulichen; sie lassen sich unter Verwendung der entsprechenden Abkürzungen für die Satzglieder schematisch beschreiben.
Als Beispiel wird das Verb *schreiben* aus Text 3 (Z. 30) gewählt; die Valenzangaben beruhen auf dem Wörterbuch zur Valenz und Distribution deutscher Verben von Gerhard Helbig und Wolfgang Schenkel (S. 272).

(Er überlegte,) wem er einen Brief schreiben könnte.

schreiben erscheint hier in dreiwertiger Verwendung (V_3):

jemand schreibt jemandem etwas

Mit dem Verb sind eine Nominativ-, eine Dativ- und eine Akkusativergänzung verbunden:

$V_3 - E_{Nom} - E_{Dat} - E_{Akk}$

Anstelle der Dativergänzung kann auch eine Präpositionalergänzung mit *an* stehen:

jemand schreibt etwas an jemanden

$V_3 - E_{Nom} - E_{Akk} - E_{Präp\ an}$

Das Verb kann aber auch zweiwertig auftreten:

jemand schreibt jemandem
$V_2 - E_{Nom} - E_{Dat}$

jemand schreibt an jemanden
$V_2 - E_{Nom} - E_{Präp\ an}$

jemand schreibt etwas
$V_2 - E_{Nom} - E_{Akk}$

jemand schreibt über etwas
$V_2 - E_{Nom} - E_{Präp\ über}$

Die syntaktischen Möglichkeiten gerade dieses Verbs sind damit noch nicht erschöpft. Wichtig ist aber, daß sich die hier auftretenden Satzbaupläne in unterschiedlicher Häufigkeit bei anderen Verben wiederholen.

tragen (Text 1, Z. 4):	$V_2 - E_{Nom} - E_{Akk}$
leisten (Text 2, Z. 10):	$V_2 - E_{Nom} - E_{Akk}$
belästigen (Text 2, Z. 14):	$V_2 - E_{Nom} - E_{Akk}$
gehorchen (Text 2, Z. 22):	$V_2 - E_{Nom} - E_{Dat}$
dienen (Text 8, Z. 8):	$V_2 - E_{Nom} - E_{Dat}$
entgegenkommen (Text 6, Z. 3):	$V_2 - E_{Nom} - E_{Dat}$

Die Nominativergänzung

Alle vorgeführten Satzbaupläne sehen eine Nominativergänzung vor; Satzbaupläne ohne eine Nominativergänzung sind recht selten:

jemanden hungert nach etwas
$V_2 - E_{Akk} - E_{Präp\ nach}$

Die Nominativergänzung ist nicht nur durch ihre besondere Häufigkeit hervorgehoben; sie zeigt auch eine besondere Verbindung mit dem Verb:

der die Reisenden belästigte (Text 2, Z. 14)
der: E_{Nom} (Nom. Sing. Mask. des Relativpronomens *der*)
die Reisenden: E_{Akk} (Akk. Plur. Mask. des Substantivs *Reisender* mit be-

stimmtem Artikel)
belästigte: V_2 (3. Pers. Sing. Ind. Prät.)

Verb und Nominativergänzung stimmen im Numerus überein, Verb und Akkusativergänzung jedoch nicht. Verb und Nominativergänzung zeigen grundsätzlich Numeruskongruenz.
Die hierin erkennbare Sonderstellung der Nominativergänzung kann mit der Bezeichnung Subjekt berücksichtigt werden; andere Ergänzungen werden dann als Objekte bezeichnet.

Die freien Angaben

Der zweiwertige Satzbauplan des Verbs *tragen, jemand trägt etwas*, erklärt den im Text 2 (Z. 18) belegten Satz nicht vollständig:

Der berühmte Kämpfer trug nun Wasser.

Außer dem Verb selbst sowie den Satzgliedern *Der berühmte Kämpfer* (E_{Nom}) und *Wasser* (E_{Akk}) enthält der Satz noch das Wort *nun*, das der Wortart nach Adverb ist und hier als Satzglied auftritt, wie Umstellproben zeigen:

Wasser trug der berühmte Kämpfer nun.
Nun trug der berühmte Kämpfer Wasser.

Das Satzglied *nun* ist auch weglaßbar, ohne daß der Satz davon in seiner grammatischen Struktur betroffen wäre; dagegen sind die Nominativ- oder die Akkusativergänzung nicht weglaßbar:

Der berühmte Kämpfer trug Wasser.

Das Satzglied *nun* ist demnach nicht valenzbedingt. Derartige Satzglieder werden als freie Angaben (A) bezeichnet. Temporal- und Lokalangaben ordnen den Satzinhalt zeitlich oder räumlich ein (A_{temp}, A_{lok}). Modalangaben (A_{mod}) enthalten Aussagen zur Art und Weise des Geschehens; sie dienen auch dem Ausdruck des Geltungsgrades der Aussage, der Modalität. Kausalangaben (A_{kaus}) bezeichnen Ursache oder Folge, Bedingung oder Zweck.
Angaben können in derselben syntaktischen Gestalt wie Ergänzungen auftreten; sie sind wegen des gemeinsamen Merkmals der Weglaßbarkeit nicht immer leicht von fakultativen Ergänzungen zu unterscheiden.

Strukturanalyse von Sätzen

Auf der Grundlage der bereits durchgeführten Umstell- und Ersatzproben können die folgenden Sätze analysiert werden. Dabei geht es nur um die Feststellung der Valenzabhängigkeit, nicht um die Beschreibung der Satzglieder im einzelnen.

Die Probe des Kirchenchores dauert bis neun Uhr. (Text 3, Z. 14)
etwas dauert bis zu einem Zeitpunkt, eine Zeitlang, lange

Bei der schematischen Darstellung mit Abkürzungen kann die tatsächliche Folge der Satzglieder eingehalten werden:

$E_{Nom} - V_2 - E_{Adv\ (temp)}$

Wie's mit seiner Erziehung stand, wissen wir nicht (Text 2, Z. 5 f.)
jemand weiß etwas

$E_{Akk} - V_2 - E_{Nom} - A_{mod}$
= ES

Die erste Satzgliedstelle wird durch einen mit *wie* eingeleiteten Nebensatz (ES_{wie}) eingenommen. Das Adverb *nicht* ist eine valenzunabhängige freie Angabe, die die Geltung der Aussage modifiziert, indem sie sie negiert.

Die Hochschulen bereiten auf eine berufliche Tätigkeit vor, welche ... erfordert (Text 8, Z. 3-6)
etwas bereitet auf etwas vor

$E_{Nom} - V_{2a} - E_{Präp\ auf} - V_{2b}$ – ausgeklammerter Gliedteilsatz zur $E_{Präp}$

Die klammerbildenden Teile des zweiwertigen Verbs *bereitet ... vor* werden durch a und b bezeichnet.

Literaturhinweise

W. Admoni, Der deutsche Sprachbau, § 49, 51.
O. Behaghel, Deutsche Syntax, III.
R. Bergmann - P. Pauly - M. Schlaefer, Einführung in die deutsche Sprachwissenschaft, S. 48 - 54.
H. Brinkmann, Die deutsche Sprache, S. 519 - 606.

Duden. Grammatik, Nr. 1165 - 1235.
Einführung in die Grammatik und Orthographie, S. 154 - 177.
J. Erben, Deutsche Grammatik, § 490 - 508.
H. Glinz, Die innere Form des Deutschen, S. 71 - 98, 416 - 451.
Grundzüge einer deutschen Grammatik, S. 176 - 185, 505 - 506.
G. Helbig - J. Buscha, Deutsche Grammatik, S. 52 - 68, 473 - 475.
W. Jung, Grammatik der deutschen Sprache, Nr. 128 - 142.
H. Paul, Deutsche Grammatik, III, IV.
W. Schmidt, Grundfragen der deutschen Grammatik, S. 203 - 205, 251 - 255.
Die deutsche Sprache, II, S. 927 - 931.

13. Die Erweiterung von Satzgliedern durch Attribute

Kern und Attribut

Die beiden Syntagmen *die Probe* und *des Kirchenchores* (Text 3, Z. 14) sind jeweils durch die flexivische Kongruenz als eigene Einheiten charakterisiert. Durch Umstellprobe und Ersatzprobe wurde festgestellt, daß sie zusammen ein Satzglied bilden. Nun ist nach dem inneren Verhältnis der beiden Bestandteile des Satzgliedes zu fragen. Eine Rangordnung beider Teile kann durch die Weglaßprobe ermittelt werden:

Die Probe des Kirchenchores dauert bis neun Uhr.
Die Probe ... dauert bis neun Uhr.
... des Kirchenchores dauert bis neun Uhr.

Nur das Genitiv-Syntagma erweist sich als weglaßbar. Die Satzgliedfunktion des ganzen Ausdrucks kann auch durch das Syntagma *die Probe* allein wahrgenommen werden. Das Genitiv-Syntagma *des Kirchenchores* ist offensichtlich dem Nominativ-Syntagma *die Probe* als weitere Bestimmung hinzugefügt. Das Syntagma *die Probe* bildet den Kern des Satzgliedes, das Syntagma *des Kirchenchores* ist syntaktisch weglaßbare Erweiterung zu diesem Kern; derartige Erweiterungen heißen Attribute.

Die Bestandteile der Attribute

Das Attribut *des Kirchenchores* besteht aus einem Syntagma, gebildet aus Substantiv und bestimmtem Artikel. Die verschiedenartigen Möglichkeiten von Umfang und Bestandteilen von Attributen werden aus den folgenden Satzgliedern deutlich:

die Probe des Kirchenchores (Text 3, Z. 14)
eine gewisse Erleichterung (Text 1, Z. 2)
Zeus, sein Vater (Text 2, Z. 2 f.)
eine weitläufige Landschaft (Text 2, Z. 12)
nach dem zweifellos wohlverdienten Ruhestand (Text 2, Z. 16 f.)
zu einer Dame, die ihn ungemein umstrickte (Text 2, Z. 17 f.)
Sancho Pansa, ein freier Mann (Text 4, Z. 6)

Attribute können aus einzelnen Wörtern bestehen: Die Adjektive *gewisse* und *weitläufige* sind in den angeführten Satzgliedern weglaßbar.

Ferner säuberte er eine Landschaft ...

Neben Adjektivattributen stehen Attribute aus den verschiedensten Pronomina, die mit Substantiven verbunden werden können:

Meine Hausmeisterin (Text 1, Z. 1)
ihr neuer Freund (Text 1, Z. 3)

Bei der Weglaßprobe ist in diesen Fällen zu berücksichtigen, daß anstelle des Pronominalattributs dann ein Artikel stehen muß.
Attribute können auch aus ganzen Sätzen bestehen, wie bereits bei der Satzgliedermittlung deutlich wurde.
In Text 2, Z. 17 f. erweist sich der Satz *die ihn ungemein umstrickte* als ausgeklammerter Bestandteil eines Satzgliedes mit dem Kern *zu einer Dame.*

..., daß er zu einer Dame kam, die ihn ungemein umstrickte.
..., daß er zu einer Dame, die ihn ungemein umstrickte, kam.
..., daß er zu einer Dame kam.

In Attributen, die aus Syntagmen bestehen, wiederholen sich die Attribuierungsmöglichkeiten.
Das aus einem Syntagma bestehende Attribut *ein freier Mann* zu dem Kern *Sancho Pansa* enthält in sich ein adjektivisches Attribut *freier* zu dem Kern *ein Mann.*
Auch ein aus einem Wort bestehendes Attribut kann durch ein anderes Wort attribuiert werden. Durch schrittweise Weglaßprobe zeigt sich, daß *zweifellos* adverbielles Attribut zum Adjektiv *wohlverdient* ist, das seinerseits als Attribut zum Kern *Ruhestand* fungiert.
Die Gemeinsamkeit in der Funktion aller Attribute wird durch Umformung von einer Attributform in eine andere deutlich:

zu einer Dame, die ihn ungemein umstrickte,
zu einer ihn ungemein umstrickenden Dame
Sancho Pansa, ein freier Mann,
Sancho Pansa, der ein freier Mann war,
eine weitläufige Landschaft
eine Landschaft von Weitläufigkeit

Die Verknüpfung des Attributs mit dem Kern

Das Adjektivattribut ist durch die flexivische Kongruenz in das ganze Syntagma eingebunden. Es richtet sich im Genus nach dem Substantiv und stimmt auch in Kasus und Numerus mit ihm überein.
Satzförmige Attribute, die mit einem Relativpronomen beginnen, zeigen Kongruenz mit Genus und Numerus des Kerns.

zu einer Dame, die ... (Text 2, Z. 17)
auf eine berufliche Tätigkeit, welche ... (Text 8, Z. 4)

Aus Syntagmen bestehende Attribute, die lediglich durch Kasuskongruenz mit ihrem Kern verknüpft sind, heißen Apposition:

Zeus, sein Vater, ...
Sancho Pansa, ein freier Mann, ...

Die Verknüpfung des Attributs mit seinem Kern kann auch durch einen eigenen Kasus, den Genitiv, oder durch Präpositionen geleistet werden:

die Probe des Kirchenchores
den Zettel mit den Wellenlinien (Text 3, Z. 11)

Im Hinblick auf die Verknüpfung spricht man von Genitiv- und Präpositionalattributen.
Bei der Attribuierung eines Adjektivattributs durch ein Adverb oder Adjektiv ist keine flexivische Kongruenz gegeben. Das Attribut ist nur durch seine Position vor dem Kern bestimmt:

nach dem zweifellos wohlverdienten Ruhestand

Die Position vor oder nach dem Kern ist auch bei den übrigen Attributen Ausdruck der Beziehung zwischen Kern und Attribut.

Die Stellung des Attributs

Bei substantivischem Kern stehen adjektivische und pronominale Attribute in der Regel vor dem Kern, Genitiv- und Präpositionalattribute, Attributsätze und Appositionen in der Regel nach dem Kern. Adverbielle oder präpositionale Attribute zu Adjektiven stehen meist vor dem Adjektiv.

Analyse von Satzgliedern mit Attributen

Um die in einem Satz gegebenen Attribute zu bestimmen und zu beschreiben, ist zunächst die Ermittlung der Satzglieder erforderlich, da Attribute Teile von Satzgliedern sind.

Die Artikel dieses Wörterbuches sind nach einem einheitlichen System aufgebaut, mit dem ein größtmögliches Maß an Objektivität erreicht werden soll. (Text 9, Z. 18 f.)

Der ausgeklammerte Relativsatz gehört als Attribut zu dem Kern *System:*

Die Artikel dieses Wörterbuches sind nach einem einheitlichen System, mit dem ein größtmögliches Maß an Objektivität erreicht werden soll, aufgebaut.

Kern und Attribut lassen sich als Ganzes an die erste Stelle des Satzes umstellen:

Nach einem einheitlichen System, mit dem ..., sind die Artikel dieses Wörterbuches aufgebaut.

Der Satz enthält zwei nichtverbale Satzglieder:

die Artikel dieses Wörterbuches
nach einem einheitlichen System, mit dem ...

Mit der Weglaßprobe werden folgende Attribute ermittelt:
dieses Wörterbuches, Genitivattribut zu der Nominativergänzung *die Artikel*
einheitlichen, Adjektivattribut zum substantivischen Kern *System* in der Präpositionalergänzung
mit dem ein größtmögliches Maß an Objektivität erreicht werden soll, Relativsatz-Attribut zur Präpositionalergänzung
In dem Relativsatz ist in der Nominativergänzung ein Adjektivattribut *größtmögliches* und ein Präpositionalattribut *an Objektivität* enthalten.

In dem folgenden Satz ist die Beobachtung der Verbstellung für die Ermittlung der Satzglieder und der in ihnen enthaltenen Attribute besonders hilfreich:

Aufgrund der Tatsache, daß wir die Wörter unserer Sprache mittels derselben Sprache erläutern und beschreiben müssen, lassen sich Zirkeldefinitionen nicht immer vermeiden (Text 9, Z. 12 f.)

Die Endstellung des Verbs *müssen* kennzeichnet den mit der Konjunktion *daß* beginnenden Nebensatz. Für den Gesamtsatz ist von Zweitstellung des Verbs *lassen* auszugehen, wie bei Erststellung der Nominativergänzung *Zirkeldefinitionen* deutlich wird. In der vorliegenden Anordnung muß der gesamte Komplex vor *lassen* als ein Satzglied angesehen werden, wie eine Ersatzprobe mit *deswegen* bestätigt. Der *daß*-Satz ist demnach Teil eines Satzgliedes, und zwar Attribut zu *Tatsache*; er ist weglaßbar, wenn seine Erläuterungsfunktion anders ausgedrückt wird: *Aufgrund dieser Tatsache lassen ...*

Die syntaktische Funktion des Attributsatzes ist also nicht nur bei Relativsätzen gegeben. Umgekehrt können Relativsätze auch noch in anderen Funktionen auftreten.

Literaturhinweise

W. Admoni, Der deutsche Sprachbau, § 57.
H. Brinkmann, Die deutsche Sprache, S. 60 - 84.
Duden. Grammatik, Nr. 1266 - 1318.
Einführung in die Grammatik und Orthographie, S. 211 - 221.
J. Erben, Deutsche Grammatik, § 254 - 266, 535 - 559.
H. Glinz, Die innere Form des Deutschen, S. 232 - 254.
Grundzüge einer deutschen Grammatik, S. 835 - 838.
G. Helbig - J. Buscha, Deutsche Grammatik, S. 518 - 541.
W. Jung, Grammatik der deutschen Sprache, Nr. 237 - 259.
W. Schmidt, Grundfragen der deutschen Grammatik, S. 139 - 142.
Die deutsche Sprache, II, S. 924.

14. Satzförmige Satzglieder und Satzgliedteile

Gliedsätze und Gliedteilsätze

Satzförmige Attribute sind Teile von Satzgliedern; insofern werden Attributsätze als Gliedteilsätze bezeichnet. Sätze, die als Satzglieder übergeordneter Sätze fungieren, heißen entsprechend Gliedsätze.
Der *Wie*-Satz in dem Gesamtsatz *Wie's mit seiner Erziehung stand, wissen wir nicht* (Text 2, Z. 5 f.) ist durch Umstell- und Ersatzprobe als Satzglied bestimmt worden; er ist also ein Gliedsatz.
Der Relativsatz *die ihn ungemein umstrickte* (Text 2, Z. 17) ist durch die Weglaßprobe als Attribut zu dem Syntagma *zu einer Dame* bestimmt worden; er ist also ein Attribut- oder Gliedteilsatz.
Gliedsätze und Gliedteilsätze werden gemeinsam als Nebensätze oder untergeordnete Sätze bezeichnet.

Die Einleitung der Nebensätze

Folgende Sätze sind durch die Endstellung des Verbs als Nebensätze gekennzeichnet:

Seit jedoch ihr neuer Freund darauf gekommen ist (Text 1, Z. 3)
die ich erst kürzlich in Gebrauch nahm (Text 1, Z. 5)
was ihm ja denn auch gelang (Text 2, Z. 4)
daß er Riesenarbeit leistete (Text 2, Z. 10)
der die Reisenden belästigte (Text 2, Z. 14)
Als der Athlet genug getan zu haben glaubte (Text 2, Z. 15 f.)
Nachdem er mehrmals seine Unterschrift ... auf ein Blatt gezeichnet hatte (Text 3, Z. 2-4)
wo der Main ... seinen schönsten Bogen zieht (Text 7, Z. 1 f.)
wenn der Vater starb (Text 7, Z. 4)
bis auch er starb (Text 7, Z. 4 f.)
welche die Anwendung wissenschaftlicher Erkenntnisse ... erfordert (Text 8, Z. 4-6)
soweit dies dem Bildungsauftrag der Fachhochschule dient (Text 8, Z. 15 f.)

In allen diesen Fällen werden die Nebensätze durch ein charakteristisches Einleitewort eingeleitet. Nichteingeleitete Nebensätze zeigen im Unterschied zu den aufgeführten Sätzen Spitzenstellung des Verbs:

Irr ich nicht (Text 2, Z. 1)

Die Einleitewörter lassen sich danach klassifizieren, ob sie Satzglieder der Nebensätze sind.
Bei den Umstellproben wird der Nebensatzcharakter nicht berücksichtigt:

der die Reisenden belästigte
der belästigte die Reisenden
die Reisenden belästigte der

Von der Verbvalenz her ist *der* die obligatorische Nominativergänzung, wie die Pronominalprobe zeigt: *jemand belästigt jemanden.* Das Einleitewort *der* drückt durch die Genus- und Numeruskongruenz die Attributfunktion zum Kern *einen Wegelagerer* aus; zugleich ist es Satzglied E_{Nom} des Relativsatzes. Neben den flektierbaren Relativpronomen stehen die unflektierbaren Relativadverbien, die aber ebenfalls Satzgliedfunktion besitzen.

wo der Main ... seinen schönsten Bogen zieht

Bei der Umstellprobe kann das Relativadverb *wo* durch *da* ersetzt werden:

Der Main ... zieht da seinen schönsten Bogen

Konjunktionale Einleitewörter sind nicht umstellbar, sie besitzen keinen Satzgliedwert.

Die Stellung der Nebensätze im Gesamtsatz

Nebensätze erscheinen innerhalb der Gesamtsätze als Vordersätze, Zwischensätze oder Nachsätze:

Nachdem er mehrmals seine Unterschrift ... auf ein Blatt gezeichnet hatte, nahm er einen neuen Bogen (...) (Text 3, Z. 2-4)
Er, der die Schrecknisse besiegte ..., fand nun am Geschirrabwaschen Geschmack (...) (Text 2, Z. 20 f.)
... und sah, wie die Tinte eintrocknete und dunkel wurde (...) (Text 3, Z. 6 f.)

Nichteingeleitete Nebensätze mit Spitzenstellung des Verbs treten nur als Vordersätze auf. Zwischensätze werden vielfach durch Ausklammerung zu Nachsätzen:

..., daß er zu einer Dame kam, die ihn ungemein umstrickte. (Text 2, Z. 17 f.)

Der zu *Dame* gehörige Relativsatz ist aus dem *daß*-Satz ausgeklammert. Die Stelle des ausgeklammerten Attributsatzes bleibt dabei durch den Kern besetzt. Diese

Funktion der Stellenbesetzung im übergeordneten Satz kann auch ein Element übernehmen, dessen Funktion nur in dieser Platzhalterrolle besteht. Derartige Elemente nennt man Korrelate.
In dem folgenden Beispiel ist *darauf* Korrelat des ausgeklammerten *daß*-Satzes in dem *seit*-Satz:

Seit jedoch ihr neuer Freund darauf gekommen ist, daß man im Sommer die Hemden auch offen tragen könne, ... (Text 1, Z. 3 f.)

Korrelate sind wichtige Hilfen bei der Analyse von Satzgefügen. Sie repräsentieren Sätze in Sätzen und geben damit deren Abhängigkeit und Funktion zu erkennen.

Die Funktion der Gliedsätze

Gliedsätze lassen sich analog zu den Satzgliedern, die sie vertreten, beschreiben. Man unterscheidet im Blick auf die Verbvalenz Ergänzungssätze und Angabesätze. Die Funktion der Ergänzungssätze kann durch Ersatzproben mit flektierbaren Wörtern bestimmt werden.

Fest steht immerhin, daß er Riesenarbeit leistete. (Text 2, Z. 9 f.)
Fest steht immerhin dies.
dies ist Nominativergänzung; der *daß*-Satz fungiert also als Subjektsatz.

Wie's mit seiner Erziehung stand, wissen wir nicht (Text 2, Z. 5 f.)
Das wissen wir nicht
das ist Akkusativergänzung; der *wie*-Satz fungiert also als Objektsatz.

Seit jedoch ihr neuer Freund darauf gekommen ist, daß man im Sommer die Hemden auch offen tragen könne, ... (Text 1, Z. 3f.)
Seit jedoch ihr neuer Freund auf diese Tatsache gekommen ist
Der *daß*-Satz fungiert als Präpositionalergänzung; *kommen* erfordert in der vorliegenden Bedeutung eine Ergänzung mit *auf:*

jemand kommt auf etwas
jemand kommt darauf, daß ...

Die Funktion der Angabesätze kann durch Ersatzproben mit charakteristischen pronominalen Adverbien bestimmt werden; diese Ersatzprobe ist daher eine wichtige Hilfe bei der Analyse von Satzgefügen.

Nachdem er mehrmals seine Unterschrift ... auf ein Blatt gezeichnet hatte, nahm er einen neuen Bogen (Text 3, Z. 2-4)
Danach nahm er einen neuen Bogen.

Danach ist in diesem Satz Temporalangabe; der *nachdem*-Satz hat dieselbe Funktion.

> ..., *der die Reisenden belästigte, indem er mit ihnen verfuhr,* ... (Text 2, Z. 14 f.)
> ..., *der die Reisenden so belästigte,* ...

so ist in diesem Satz Modalangabe; der *indem*-Satz hat dieselbe Funktion. Entsprechend läßt sich der *weil*-Satz in Text 5, Z. 3 f. durch ein Adverb *deswegen* ersetzen, der *wenn*-Satz in Text 9, Z. 14 f. durch *dann* usw.

Satzgliedwertige Infinitivgruppen

Gleichwertig mit Gliedsätzen können auch Infinitivgruppen auftreten; sie lassen sich ebenfalls durch Ersatzproben als Ergänzungen oder Angaben bestimmen sowie in ihrer Funktion und Bedeutung im einzelnen beschreiben.

> *Zeus, sein Vater, schlich eines Nachts zur Gattin Amphitryons, um sich zu belustigen* (Text 2, Z. 2 f.)

Die Infinitivgruppe läßt sich als Ganzes umstellen, durch Ausdrücke wie *zu diesem Zweck, deswegen* ersetzen und somit als Kausalangabe bestimmen.

> *Als Katharina ... aufgefordert wurde, dazu Stellung zu nehmen* (Text 6, Z. 1f.)

Die Infinitivgruppe läßt sich als Ganzes umstellen, durch Ausdrücke wie *dazu, zu einer Stellungnahme* ersetzen und somit als valenzbedingte Präpositionalergänzung bestimmen.

> *Aufgabe eines Wörterbuchartikels ist es, die Vielfalt der Verwendungsmöglichkeiten eines Wortes darzustellen* (Text 9, Z. 2 f.)

Die Infinitivgruppe läßt sich als Ganzes umstellen und durch Ausdrücke wie *dies, die Darstellung der Vielfalt* ... ersetzen, wobei das Korrelat *es* entfällt. Die Infinitivgruppe ist somit als prädikative Ergänzung im Nominativ erkennbar.

Bei der Analyse von Satzgefügen können Infinitivgruppen und Gliedsätze durch einfache Satzglieder ersetzt werden. Im Hinblick auf die Verbvalenz füllen die gegeneinander austauschbaren Satzglieder jeweils dieselbe Leerstelle aus.

> *jemand fordert jemanden zu etwas auf*
> *jemand fordert jemanden auf, etwas zu tun*
> *jemand fordert jemanden (dazu) auf, daß er etwas tut.*

Literaturhinweise

W. Admoni, Der deutsche Sprachbau, § 59 - 60.
O. Behaghel, Deutsche Syntax, III, § 1169 - 1425, IV, § 1625 - 1643.
H. Brinkmann, Die deutsche Sprache, S. 607 - 703.
I. Dal, Kurze deutsche Syntax, § 132 - 152.
Duden. Grammatik, Nr. 1319 - 1404.
Einführung in die Grammatik und Orthographie, S. 221 - 239.
J. Erben, Deutsche Grammatik, § 560 - 616.
H. Glinz, Die innere Form des Deutschen, S. 416 - 442.
Grundzüge einer deutschen Grammatik, S. 777 - 838.
G. Helbig - J. Buscha, Deutsche Grammatik, S. 559 - 599.
W. Jung, Grammatik der deutschen Sprache, Nr. 62 - 96.
H. Paul, Deutsche Grammatik, IV, § 378 - 537.
W. Schmidt, Grundfragen der deutschen Grammatik, S. 310 - 312.
Die deutsche Sprache, II, S. 943 - 971.

15. Die Struktur von Satzgefügen und ihre Analyse

Ermittlung des Trägersatzes

Als Analysebeispiel dient zunächst Satz 2 (Z. 3 - 6) aus Text 1 des Anhangs:

> *Seit jedoch ihr neuer Freund darauf gekommen ist, daß man im Sommer die Hemden auch offen tragen könne, sind schon wiederum zwei neue seidene, die ich erst kürzlich in Gebrauch nahm, in der Waschanstalt verloren gegangen.*

Zur Erfassung der Gefügestruktur werden an den durch Endstellung des Verbs erkennbaren Nebensätzen Weglaß- und Ersatzproben durchgeführt. Nebensätze sind der *seit*-Satz (... *gekommen ist*), der *daß*-Satz (... *tragen könne*) und der *die*-Satz (... *in Gebrauch nahm*).
Der *die*-Satz ist mit dem Syntagma *zwei neue seidene* geschlossen umstellbar, bildet also mit ihm gemeinsam ein Satzglied.

..., sind in der Waschanstalt zwei neue seidene, die ich erst kürzlich in Gebrauch nahm, schon wiederum verloren gegangen.

Der *die*-Satz ist allein auch weglaßbar; dagegen kann das Syntagma *zwei neue seidene* nicht weggelassen werden. Der *die*-Satz ist also ein Attribut-Satz; wenn man ihn zunächst wegläßt, erhält man eine vereinfachte Form des Satzgefüges:

> *Seit jedoch ihr neuer Freund darauf gekommen ist, daß man im Sommer die Hemden auch offen tragen könne, sind schon wiederum zwei neue seidene in der Waschanstalt verloren gegangen.*

Der *seit*-Satz kann durch das Adverb *seitdem* ersetzt werden, wobei der *daß*-Satz ebenfalls wegfällt. Der *daß*-Satz ist demnach dem *seit*-Satz untergeordnet. Das läßt sich ebenfalls durch Umstell- und Weglaßproben zeigen. Der *daß*-Satz kann hinter sein Korrelat *darauf* umgestellt werden:

> *Seit jedoch ihr neuer Freund darauf, daß man im Sommer die Hemden auch offen tragen könne, gekommen ist, sind ...*

Der *daß*-Satz kann auch zusammen mit dem Korrelat an den Satzanfang umgestellt werden, wenn man den Satzrang ändert:

Darauf, daß man ..., ist ihr neuer Freund gekommen.

Der *daß*-Satz kann schließlich auch weggelassen werden und bleibt dann in dem *seit*-Satz durch das Korrelat *darauf* als Satzglied repräsentiert. Die Analyse des *daß*-Satzes kann daher vorläufig zurückgestellt werden; das Satzgefüge läßt sich weiter vereinfachen:

Seit jedoch ihr neuer Freund darauf gekommen ist, sind schon wiederum zwei neue seidene in der Waschanstalt verloren gegangen.

Nach dem Ersatz des *seit*-Satzes durch das Adverb *seitdem* enthält das reduzierte Gefüge nur noch ein Verb, dessen finite Form sich in Zweitstellung befindet:

Seitdem sind schon wiederum zwei neue seidene in der Waschanstalt verloren gegangen.

Dieser Satz, der die Nebensätze in sich trägt, wird auch als Trägersatz bezeichnet. Analog dazu werden die Nebensätze auch als eingebettete Sätze bezeichnet.

Analyse des Trägersatzes

Die nichtverbalen Satzglieder des Trägersatzes werden durch Umstellproben, insbesondere durch die Erststellenprobe ermittelt:

Schon wiederum sind seitdem zwei neue seidene in der Waschanstalt verloren gegangen.
Zwei neue seidene sind seitdem schon wiederum in der Waschanstalt verloren gegangen.
In der Waschanstalt sind seitdem schon wiederum zwei neue seidene verloren gegangen.

Die Satzglieder sind:

seitdem
schon wiederum
zwei neue seidene
in der Waschanstalt

Der verbale Satzkern lautet: *sind verloren gegangen.* Das zusammengesetzte Verb *verlorengehen* erscheint in der Form der 3. Person Plural Indikativ Perfekt. Das Verb ist hier einwertig: *etwas geht verloren*; ihm ist die Nominativergänzung (E_{Nom}) *zwei neue seidene* zuzuordnen. Die übrigen Satzglieder sind valenzunabhängige freie Angaben mit temporaler und lokaler Bedeutung (A_{temp}, A_{lok}). Bei der Beschreibung der Satzstruktur werden die Satzglieder in abgekürzter Form nach ihren Funktionen bestimmt:

seitdem: A_{temp}
schon wiederum: A_{temp}
zwei neue seidene: E_{Nom}
in der Waschanstalt: A_{lok}

Unter Beachtung der tatsächlichen Satzgliedfolge kann der Trägersatz in seiner Struktur beschrieben werden. Die Teile des verbalen Satzkerns werden als V_{abc} bezeichnet; dabei steht V_a für die finite Verbform *sind*, V_b für das Partizip *gegangen* und V_c für das in der Zusammensetzung unveränderliche Bestimmungswort *verloren.*

Trägersatz: *Seitdem - sind - schon wiederum - zwei neue seidene - in der Waschanstalt - verloren gegangen*
S: $A_{temp} - V_a - A_{temp} - E_{Nom} - A_{lok} - V_c \quad V_b$

Analyse der Satzglieder des Trägersatzes

Die Satzglieder werden in ihrer im Text gegebenen sprachlichen Gestalt beschrieben. Die durch *seitdem* repräsentierte Temporalangabe hat Satzform und wird daher in einem eigenen Analyseschritt beschrieben. Die Temporalangabe *schon wiederum* besteht aus dem Adverb *wiederum* als Kern und dem als Attribut dazu verwendeten Adverb *schon.* Die Nominativergänzung besteht aus dem adjektivisch als Attribut verwendeten Zahlwort *zwei* und den pronominal flektierten Adjektiven im Nominativ Plural *neue seidene. zwei neue seidene* ist Attribut zum weggelassenen Kern *Hemden.* Diese Nominativergänzung ist ferner durch den attributiven *die*-Satz erweitert, der noch in einem eigenen Analyseschritt beschrieben wird. Die Lokalangabe besteht aus der Präposition *in* und dem femininen Substantiv *Waschanstalt* im Dativ Singular mit bestimmtem Artikel.

Die Beschreibung des Trägersatzes kann nun an den Stellen modifiziert werden, an denen noch eingebettete Sätze zu analysieren sind. Die Bestimmung der einzelnen Wörter der Satzglieder nach Wortart und gegebenenfalls nach Kasus, Genus und Numerus sowie die Feststellung von Attributen und Kernen wird aus praktischen Gründen nicht in dieses Schema eingetragen, da es sonst zu unübersichtlich würde.

S	$A_{temp} - V_a - A_{temp} - E_{Nom} - A_{lok} - V_c \; V_b$ =AS m. Attr-S

Analyse des eingebetteten *seit*-Satzes

Der als temporaler Angabesatz im Trägersatz bestimmte *seit*-Satz wird durch Umstellproben, insbesondere die Erststellenprobe analysiert:

Jedoch ist ihr neuer Freund darauf gekommen.
Ihr neuer Freund ist jedoch darauf gekommen.
Darauf ist jedoch ihr neuer Freund gekommen.

Die Konjunktion *seit* kann nicht umgestellt werden, sie ist demnach kein Satzglied. Sie bezeichnet vielmehr die Unterordnung des *seit*-Satzes unter den Trägersatz und drückt das temporale Verhältnis der Vorzeitigkeit des Inhalts des *seit*-Satzes zum Inhalt des Trägersatzes aus. Die nichtverbalen Satzglieder des *seit*-Satzes sind:

jedoch
ihr neuer Freund
darauf

Der verbale Satzkern lautet: *ist gekommen.* Das Verb *kommen* erscheint in der Form der 3. Person Singular Indikativ Perfekt. Das Verb ist hier zweiwertig: *jemand kommt auf etwas.* Ihm sind die Nominativergänzung *ihr neuer Freund* und eine Präpositionalergänzung mit *auf* zuzuordnen. Das Adverb *jedoch* bildet eine valenzunabhängige freie Angabe mit modaler Bedeutung.
Die Satzstruktur läßt sich unter Beachtung der Satzgliedfolge schematisch darstellen, wobei die finite Verbform als V_a bezeichnet wird, das Partizip als V_b:

seit -	*jedoch* -	*ihr neuer Freund* -	*darauf* -	*gekommen*	*ist*
AS m.Konj	:A_{mod} -	E_{Nom} -	$E_{Präp}$ -	V_b	V_a

Analyse der Satzglieder des eingebetteten *seit*-Satzes

Die modale Angabe besteht aus dem Adverb *jedoch.* Die Nominativergänzung enthält das maskuline Substantiv *Freund* im Singular mit pronominal flektiertem attributiven Adjektiv und mit auf feminines Bezugswort bezüglichem Possessivpronomen mit ϕ-Endung. Die Präpositionalergänzung ist in dem *seit*-Satz durch das Pronominaladverb *darauf* realisiert, das die valenzabhängige Präposition *auf* enthält. Das Adverb *darauf* fungiert aber nur als Korrelat für die als *daß*-Satz realisierte eigentliche Ergänzung. Das Satzschema *jemand kommt auf etwas* ist hier variiert zu *jemand kommt darauf, daß ...* Diese Satzform der Ergänzung ist bei der Analyse des *seit*-Satzes mit zu berücksichtigen:

AS m. Konj *seit*	A_{mod} -	E_{Nom} -	$E_{Präp}I$ - (Korrelat)	V_b V_a -	$E_{Präp}II$ =ES

Das Korrelat *darauf* und der *daß*-Satz bilden die beiden getrennt stehenden Teile I und II der Präpositionalergänzung; Teil II mit dem *daß*-Satz steht erst nach dem verbalen Satzkern, ist also ausgeklammert.

Analyse des eingebetteten *die*-Satzes

In den Trägersatz ist außer dem temporalen Angabesatz mit *seit* auch ein Attributsatz zur Nominativergänzung eingebettet. Seine Satzglieder werden durch Umstell- und Erststellenprobe ermittelt:

Erst kürzlich nahm ich die in Gebrauch.
Ich nahm die erst kürzlich in Gebrauch.

Das Relativpronomen *die* kann umgestellt werden, ist also Satzglied. Durch die Numeruskongruenz zu *zwei neue seidene* und durch die Position unmittelbar hinter diesem Kern wird die attributive Beziehung deutlich.
Die nichtverbalen Satzglieder des *die*-Satzes sind:

die
ich
erst kürzlich

Der verbale Satzkern lautet: *in Gebrauch nahm*. Das Funktionsverbgefüge *in Gebrauch nehmen* erscheint in der Form der 1. Person Singular Indikativ Präteritum. Das Verb ist hier zweiwertig: *jemand nimmt etwas in Gebrauch*. Ihm sind die Nominativergänzung *ich* und die Akkusativergänzung *die* zuzuordnen. Das Satzglied *erst kürzlich* ist eine valenzunabhängige freie Angabe mit temporaler Bedeutung.
Die Satzstruktur läßt sich unter Beachtung der Satzgliedfolge schematisch darstellen; dabei wird das mit Präposition eingeleitete Verbalsubstantiv (*in Gebrauch*) als V_b, das Funktionsverb (*nehmen*) als V_a bezeichnet.

	die -	*ich* -	*erst kürzlich* -	*in Gebrauch*	*nahm*
Attr-S m. Rel-Pron	E_{Akk} -	E_{Nom} -	A_{temp} -	V_b	V_a

Analyse der Satzglieder des *die*-Satzes

Die Akkusativergänzung ist durch das Relativpronomen realisiert, die Nominativergänzung durch das Personalpronomen *ich*. Die Temporalangabe besteht aus dem Adverb *kürzlich*, dem das Adverb *erst* attribuiert ist.
In den *die*-Satz sind keine weiteren Sätze eingebettet; seine Analyse ist daher abgeschlossen:

Attr-S m. Rel-Pron	E_{Akk} - E_{Nom} - A_{temp} - V_b V_a

Die eingebetteten Sätze ersten Grades

Der *seit*-Satz ist als Gliedsatz Satzglied des Trägersatzes. Der *die*-Satz ist als Gliedteilsatz Teil eines Satzgliedes des Trägersatzes. Beide sind dem Trägersatz unmittelbar untergeordnet; es sind eingebettete Sätze ersten Grades. Die Strukturdarstellungen dieser beiden Sätze können daher mit der Strukturdarstellung des Trägersatzes verbunden werden:

AS m. Konj *seit*	A_{mod} - E_{Nom} - $E_{Präp}I$ - V_b V_a - $E_{Präp}II$ (Korrelat) = ES

S	A_{temp} = AS - V_a - A_{temp} - E_{Nom} m. Attr-S - A_{lok} - V_c V_b

Attr-S m. Rel-Pron	E_{Akk} - E_{Nom} - A_{temp} - V_b V_a

Die beiden Nebensätze ersten Grades werden gleich weit nach rechts eingerückt. Ihre Funktion im Trägersatz wird dort und in der vorgestellten Satzbestimmung bezeichnet. Das Einleitewort wird bei der Satzbestimmung mit angegeben.

Analyse des eingebetteten *daß*-Satzes

In dem Angabesatz mit *seit* ist die Präpositionalergänzung durch einen *daß*-Satz realisiert. Seine Satzglieder werden durch Umstell- und Erststellenprobe ermittelt:

Man könne im Sommer die Hemden auch offen tragen.
Im Sommer könne man die Hemden auch offen tragen.
Die Hemden könne man im Sommer auch offen tragen.
Auch offen könne man im Sommer die Hemden tragen.

Die Konjunktion *daß* kann nicht umgestellt werden; sie ist demnach kein Satzglied. Sie bezeichnet die Unterordnung des *daß*-Satzes unter den *seit*-Satz als seinen Trägersatz und drückt die inhaltliche Gleichsetzung mit dem Korrelat *darauf* aus.
Die nichtverbalen Satzglieder des *daß*-Satzes sind:

man
im Sommer
die Hemden
auch offen

Der verbale Satzkern lautet: *könne tragen*. Das Verb *tragen* ist durch das Modalverb *können* modifiziert, das in der Form der 3. Pers. Sing. Konjunktiv I erscheint. Das Verb *tragen* ist hier zweiwertig: *jemand trägt etwas*, bzw. *jemand kann etwas tragen*. Ihm sind die Nominativergänzung *man* und die Akkusativergänzung *die Hemden* zuzuordnen. Der Satz enthält ferner die temporale Angabe *im Sommer* und die modale Angabe *auch offen.*
Die Satzstruktur läßt sich unter Beachtung der Satzgliedfolge schematisch darstellen; dabei wird der Infinitiv *tragen* als V_b bezeichnet, die finite Modalverbform *könne* als V_a.

daß	*man*	-	*im Sommer*	-	*die Hemden*	-	*auch offen*	-	*tragen*	*könne*
ES m. Konj	E_{Nom}	-	A_{temp}	-	E_{Akk}	-	A_{mod}	-	V_b	V_a

Analyse der Satzglieder des eingebetteten *daß*-Satzes

Die Nominativergänzung besteht aus dem Indefinitpronomen *man* (Singular). In der Temporalangabe erscheint die Präposition *in* mit der starken Endung des Dativ Singular Maskulinum *-m* des Artikels, verbunden mit dem maskulinen Substantiv *Sommer*. Die Akkusativergänzung enthält das Substantiv *Hemden* im

Plural mit dem bestimmten Artikel. Die Modalangabe besteht aus dem adverbiell gebrauchten Adjektiv *offen* und dem als Attribut zum Adjektiv verwendeten Adverb *auch*.
In den *daß*-Satz sind keine weiteren Sätze eingebettet; seine Analyse ist daher abgeschlossen.

ES m. Konj *daß*	E_{Nom} - A_{temp} - E_{Akk} - A_{mod} - V_b V_a

Der *daß*-Satz als eingebetteter Satz zweiten Grades

Der *daß*-Satz ist als Gliedsatz Satzglied des *seit*-Satzes als seines Trägersatzes. Dem Trägersatz des *seit*-Satzes ist der *daß*-Satz somit nur mittelbar, nämlich über den *seit*-Satz,untergeordnet. Er ist ein Nebensatz zweiten Grades. Seine Strukturdarstellung kann mit der des *seit*-Satzes verbunden werden; seine Unterordnung wird durch weitere Einrückung angezeigt:

AS m. Konj *seit*	A_{mod} - E_{Nom} - $E_{Präp}{}^{I}$ - V_b V_a - $E_{Präp}{}^{II}$ (Korrelat) = ES

ES m. Konj *daß*	E_{Nom} - A_{temp} - E_{Akk} - A_{mod} - V_b V_a

Die Struktur des Gesamtgefüges

In der Strukturdarstellung des Gesamtgefüges wird nunmehr die Unterordnung des *daß*-Satzes unter den *seit*-Satz neben der Unterordnung des *seit*-Satzes und des *die*-Satzes unter den Trägersatz des Gesamtgefüges berücksichtigt.

AS m. Konj *seit*	A_{mod} - E_{Nom} - $E_{Präp}{}^{I}$ - V_b V_a - $E_{Präp}{}^{II}$ (Korrelat) = ES

ES m. Konj *daß*	E_{Nom} - A_{temp} - E_{Akk} - A_{mod} - V_b V_a

S	A_{temp} - V_a - A_{temp} - E_{Nom} - A_{lok} - V_c V_b = AS m. Attr-S

Attr-S m. Rel-Pron	E_{Akk} - E_{Nom} - A_{temp} - V_b V_a

Die schematische Darstellung bildet von links nach rechts die Struktur des Gefüges ab: In den Trägersatz (S) sind zwei Nebensätze ersten Grades eingebettet; in den ersten Nebensatz (den *seit*-Satz) ist ein Nebensatz zweiten Grades eingebettet. Die Funktion der Nebensätze ist durch Symbole und Linien bezeichnet. Bei den Gliedsätzen wird die Satzgliedfunktion des übergeordneten Satzes, zum Beispiel A_{temp}, der Gliedsatzbezeichnung, zum Beispiel AS, gleichgesetzt. Bei den Gliedteilsätzen wird die Attributfunktion direkt bezeichnet.

Die Satzgliedsymbole stehen von links nach rechts in der tatsächlichen Satzgliedfolge; die Nebensätze und der Trägersatz stehen von oben nach unten in der tatsächlichen Folge. Umklammerungen oder Ausklammerungen werden so unmittelbar abgebildet. Das Gefügeschema kann fortlaufend dem konkreten Satzgefüge unterlegt werden:

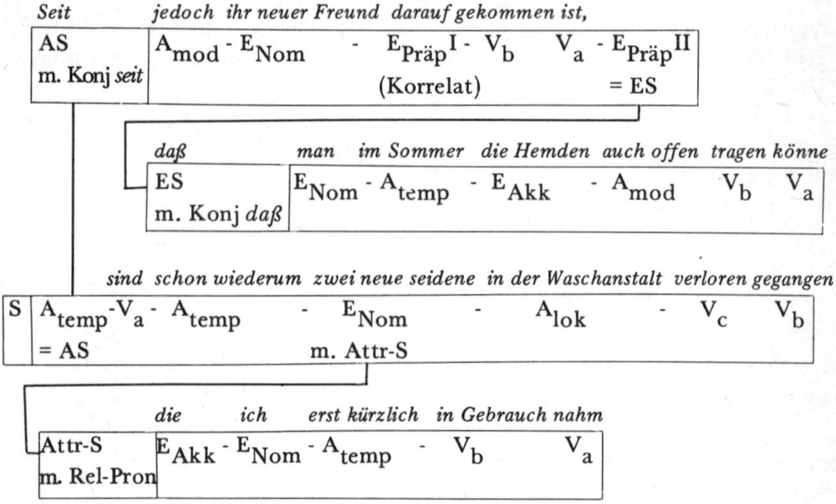

Koordination und Ellipse in Satzgefügen

Als weiteres Beispiel soll in knapper Form ein Satzgefüge aus Text 3 (Z. 30 - 33) analysiert werden:

> *Dann saß er da, überlegte, wem er einen Brief schreiben könnte, las die Gebrauchsanweisung für den Füller noch einmal - leicht nach rechts drehen - las auch den französischen Text, verglich den englischen mit dem deutschen, sah wieder seinen Zettel, dachte an Palmen, dachte an Hildegard.*

In dem ganzen Gefüge ist nur ein Nebensatz an der Endstellung des Verbs (*schreiben könnte*) und dem Einleitewort (*wem*) zu erkennen. Dieser *wem*-Satz ist durch ein Pronomen im Akkusativ ersetzbar: *überlegte das.* Er hat demnach Gliedsatzfunktion für das Verb *überlegte.*
Die Verbform *saß* steht in Zweitstellung, die einen selbständigen Satz kennzeichnet. Die übrigen Verben *überlegte, las, las, verglich, sah, dachte, dachte* stehen scheinbar in Spitzenstellung. Es handelt sich aber nicht um Frage- oder Aufforderungssätze noch um nichteingeleitete Nebensätze. Vielmehr macht eine einfache Einfügungsprobe deutlich, daß es sich um eine Reihe selbständiger Aussagesätze handelt, die einander gleichrangig sind und deren gemeinsame Nominativergänzung jeweils nicht wiederholt ist.

Dann saß er da,
(er) überlegte, wem er einen Brief schreiben könnte,
(er) las die Gebrauchsanweisung für den Füller noch einmal - leicht nach rechts drehen -
(er) las auch den französischen Text,
(er) verglich den englischen mit dem deutschen,
(er) sah wieder seinen Zettel,
(er) dachte an Palmen,
(er) dachte an Hildegard.

Das gleichrangige Verhältnis von Sätzen in einem Satzgefüge bezeichnet man als Koordination. Die Auslassung von Satzgliedern, die den koordinierten Sätzen gemeinsam sind, heißt Ellipse. Ellipse begegnet auch innerhalb von Satzgliedern; so wird der Kern *Text* nach seinem ersten Auftreten in dem Satz *las auch den französischen Text* im nächsten Satz nicht wiederholt: *verglich den englischen (Text) mit dem deutschen (Text).*
Das Verhältnis der Koordination wird in der Strukturübersicht durch Anordnung ohne Einrückung ausgedrückt; die elliptischen Satzglieder werden in runden Klammern aufgeführt. In dem dritten Teilsatz wird das Zitat *leicht nach rechts drehen* als ausgeklammerter zweiter Bestandteil der Akkusativergänzung bestimmt, der in seiner Funktion etwa einer Apposition vergleichbar ist. Auf die übrigen Einzelheiten der Analyse braucht nicht eigens eingegangen zu werden.

S | A_{temp} - V_a - E_{Nom} - $E_{Adv(lok)}$

S | (E_{Nom}) - V_a - E_{Akk} = ES

ES m. Rel-Pron | E_{Dat} - E_{Nom} - E_{Akk} - V_b V_a

S | (E_{Nom}) - V_a - $E_{Akk}{}^{I}$ - A_{temp} - $E_{Akk}{}^{II}$ (Zitat)

S | (E_{Nom}) - V_a - E_{Akk}

S | (E_{Nom}) - V_a - E_{Akk} - $E_{Präp}$

S | (E_{Nom}) - V_a - A_{temp} - E_{Akk}

S | (E_{Nom}) - V_a - $E_{Präp}$

S | (E_{Nom}) - V_a - $E_{Präp}$

Literaturhinweise

J. Erben, Deutsche Grammatik, § 617 - 627.
H. Glinz, Die innere Form des Deutschen, S. 441 - 446, 469 - 474.
Die deutsche Sprache, II, S. 972 - 978.

16. Die Bedeutung von Sätzen und ihre Beschreibung

Satzstruktur und Satzbedeutung

Mit der Ermittlung der Satzglieder und der Bestimmung ihrer syntaktischen Funktion ist zunächst die Struktur eines Satzes erfaßt. Die Identifizierung eines Satzgliedes als valenzbedingte Akkusativergänzung sieht von der Bedeutung des Verbs und der Akkusativergänzung ab. Semantische Aspekte werden aber bereits bei den Adverbialergänzungen und bei den Angaben berücksichtigt, wenn sie als lokal, temporal, kausal oder modal klassifiziert werden. Bei der Analyse des verbalen Satzkerns stehen die semantischen Funktionen von Tempus- und Modusformen, von Modalverben oder Funktionsverbgefügen im Mittelpunkt.
Auf der Ebene des Satzgefüges steht bei der Analyse zunächst ebenfalls die Aufdeckung der Struktur im Vordergrund, nämlich die Ermittlung des Trägersatzes, die Unterscheidung der eingebetteten Sätze nach dem Grad ihrer Einbettung, die Feststellung der Koordination oder Subordination von Gefügeteilen usw. In der Klassifizierung von Angabesätzen als temporal, kausal usw. wird aber die Bedeutung auch schon berücksichtigt.
Es stellt sich aber jetzt die Frage nach der Satzbedeutung überhaupt. Sätze vermitteln als relativ selbständige, abgeschlossene sprachliche Einheiten jeweils einen Sachverhalt. Sie sind Bestandteile eines Textes, dessen Gesamtinhalt sie aufbauen. Der Text ist die Einheit des sprachlichen Handelns, in der ein Sprecher oder Schreiber einem Hörer oder Leser mit einer bestimmten Intention eine selbständige Äußerung übermittelt. Die Beschreibung der Satzbedeutung muß daher stets die Stellung des Satzes im Text berücksichtigen. Insofern der einzelne Satz auch eine Bedeutung hat, kann er aber zunächst auch für sich betrachtet werden.

Der Anteil der Wortbedeutung

Einfache Beobachtung an beliebigen Sätzen zeigt, daß die Bedeutung des Satzes zunächst einmal von der Bedeutung der in ihm vorkommenden Wörter bestimmt wird. Die auftretenden Substantive bezeichnen die Größen, über die Aussagen gemacht werden; so beispielsweise in Text 1: *Hausmeisterin* (Z. 1) 'Frau, die für Reinigung und Instandhaltung eines Gebäudes sorgt', *Kragen-Nummer* (Z. 2), *Hemden* (Z. 4) usw. Den Größen werden mit Adjektiven bestimmte Qualitäten

zugesprochen, so beispielsweise in Text 2: *(eine) weitläufige (Landschaft)* (Z. 12) 'eine in verschiedene Richtungen weit ausgedehnte, ausgebreitete Landschaft', *(von allerlei) unnützem (Gesindel)* (Z. 13), *(der) berühmte (Kämpfer)* (Z. 18) usw. Mit den Verben schließlich werden Zustände oder Vorgänge ausgesagt, an denen die charakterisierten Größen beteiligt sind, so beispielsweise in Text 2: *Der berühmte Kämpfer trug nun Wasser, ...* (Z. 18).
Die Bedeutung der Wörter konstituiert die Satzbedeutung. Dabei wirken innerhalb des Satzes vor allem die syntagmatischen Bedeutungsbeziehungen, die semantischen Beziehungen der in einem Satz vorkommenden Wörter zueinander. Sie lassen sich vom Verb aus analog zum syntaktischen Valenzbegriff als semantische Valenz verstehen. So verlangt das Verb *tragen* nicht nur syntaktisch in vielen Verwendungen eine Akkusativergänzung; es verlangt vielmehr in Abhängigkeit von seiner jeweiligen Bedeutung Akkusativergänzungen ganz bestimmter Bedeutungsklassen; in Text 1 (Z. 4) erfordert die hier vorliegende Bedeutung 'mit etwas bekleidet sein' eine Akkusativergänzung, die ein Kleidungsstück bezeichnet *(Hemden)*; in Text 2 (Z. 18) ist diese Bedeutung des Verbs durch die Bedeutung der Akkusativergänzung *Wasser* ausgeschlossen, hier kann *tragen* nur die Bedeutung 'etwas irgendwohin bringen' haben.

Satzbedeutung und Textverflechtung

Sätze bestehen aber nicht nur als Wörtern, die unmittelbar außersprachliche Verhältnisse bezeichnen wie *Hausmeisterin, tragen, weitläufig*. In Text 2 erscheint beispielsweise wiederholt das Personalpronomen *er*: Z. 1, 2, 5, 6, 7, 10, 12, 14 usw. Es verweist durch seine flexivische Bestimmtheit als Maskulinum Singular auf vorhererwähnte Größen zurück, mit denen es in Genus und Numerus kongruent ist. Die Beziehung kann dabei durchaus wechseln, wie die genannten Stellen zeigen. In Zeile 1 - 2 bezieht *er* sich auf *Herkules*, in Zeile 5 - 12 auf *der Junge*, womit ebenfalls *Herkules* gemeint ist, in Z. 14 aber auf *einen Wegelagerer*.
Die Bedeutung derartiger Wörter enthält nur eine allgemeine Verweisfunktion; sie erhalten eine konkrete Bezeichnungsfunktion nur im jeweiligen Kontext. Die Satzbedeutung kann daher nur unter Berücksichtigung des Kontextes vollständig erfaßt werden. An Elementen wie dem Personalpronomen der dritten Person werden also zugleich sprachliche Mittel erfaßt, die die Sätze miteinander verflechten und so am Aufbau eines Textes mitwirken. Weitere derartige Mittel sind beispielsweise Possessivpronomen, Pronominaladverbien sowie Adverbien überhaupt.

ihr (neuer Freund) (Text 1, Z. 3) verweist zurück auf das feminine Substantiv *Hausmeisterin* (Z. 1); erst durch diesen Bezug wird das Syntagma *ihr neuer Freund* und damit der ganze Satz verständlich.

hieraus (Text 2, Z. 11) verweist zurück auf den gesamten Inhalt des vorhergehenden Satzes, wie eine Ersatzprobe leicht veranschaulichen kann:
Heutzutage würde freilich aus der gründlichen Reinigung eines Stalles wenig Wesens gemacht.

Später (Text 3, Z. 10) weist zurück auf das vorhergehende Geschehen und ordnet den Inhalt des vorliegenden Satzes zeitlich danach ein.

Textsyntaktische Verknüpfung leisten ferner vor allem die Konjunktionen. Subordinierende Konjunktionen verknüpfen Sätze innerhalb von Satzgefügen; koordinierende Konjunktionen treten ebenfalls in Satzgefügen auf; sie können auch selbständige, voneinander getrennte Sätze oder Satzgefüge miteinander verbinden:

Er kann nicht kommen. Denn er ist krank.

Textzusammenhänge werden schließlich auch durch die semantische Funktion der Wörter vermittelt, indem Wörter wiederholt werden oder indem Wörter mit ähnlicher, miteinander zusammenhängender Bedeutung aufeinander verweisen. Es sind Wörter, die ihrer Bedeutung nach in gleichen Umgebungen auftreten können, also in paradigmatischer semantischer Beziehung stehen. In Text 2 wird beispielsweise das Wort *Sohn* (Z. 2) von dem Wort *Junge* (Z. 4) aufgenommen; die Bezeichnung *Athlet* (Z. 15) wird durch das Wort *Kämpfer* (Z. 18) variiert. Dabei werden die paradigmatischen Bedeutungsbeziehungen der Wörter für den Aufbau des Textzusammenhangs genutzt.

Die Mitteilungsperspektive des Sprechers

Personalpronomen der 1. und 2. Person bringen explizit die Bindung des Textes an Sprecher und Hörer bzw. an Schreiber und Leser zum Ausdruck:

Text 1: *mich* (Z. 1), *mir* (Z. 3), *ich* (Z. 5)
Text 2: *ich* (Z. 1), *wir* (Z. 6)
Text 10: *ich* (Z. 1), *mir* (Z. 2)

Der Sprecher legt darüber hinaus die Bedeutung jedes einzelnen Satzes in temporaler und modaler Hinsicht fest, wie in Kapitel 7, 8 und 9 auch an Beispielen gezeigt worden ist. Der Sprecher prägt den Text und damit auch den einzelnen Satz nach seiner kommunikativen Intention, wie bereits bei der Behandlung der Verbstellung erkennbar wurde. Dasselbe strukturelle Satzmuster kann unterschiedlichen kommunikativen Absichten dienen und in auffordernden oder fragenden Partnersätzen ebenso wie in mitteilenden Aussagesätzen auftreten:

jemand gibt jemandem etwas
Gib (du) mir das Buch!
Gibst du mir das Buch?
Du gibst mir das Buch.

Eine Mitteilung erfolgt stets unter einer bestimmten Perspektive. Der Sprecher übermittelt etwas, das er mitteilen will, und er legt dabei den Mitteilungswert der einzelnen Bestandteile fest. Nach seiner Mitteilungsperspektive organisiert er den Textaufbau und formt dementsprechend die einzelnen Sätze. In ihnen kann er seine Mitteilungsperspektive durch die Satzgliedfolge zum Ausdruck bringen.

Thema und Rhema

Die Verwendung der Umstellprobe als Verfahren der Satzgliedermittlung beruht darauf, daß mit der syntaktischen Funktion eines nichtverbalen Satzgliedes nicht zugleich seine Position in der Folge der Satzglieder festgelegt ist. In einem mit dem Verb *geben* konstruierten Beispiel sind etwa für die Satzglieder *der / ein Lehrer, dem / einem Schüler, das / ein Buch* folgende Anordnungen denkbar:

Der Lehrer gab dem Schüler ein Buch.
Der Lehrer gab das Buch einem Schüler.
Das Buch gab dem Schüler ein Lehrer.
Einem Schüler gab der Lehrer das Buch.
Das Buch gab ein Lehrer einem Schüler.
usw.

Die Beispiele lassen bereits erkennen, daß manche Satzgliedfolgen auffälliger als andere sind, daß sie daher zum Ausdruck besonderer Mitteilungswerte dienen können.
Da der Mitteilungswert im einzelnen Satz stets vom Kontext bestimmt ist, kann auch die Satzgliedfolge nur an tatsächlich belegten Sätzen unter Berücksichtigung ihres Kontextes für die Satzbedeutung analysiert werden. Dazu werden die Begriffe Thema und Rhema verwandt.
Die Begriffe Thema und Rhema werden hier im Anschluß an die 'Grundzüge einer deutschen Grammatik' mit den Merkmalpaaren 'bekannt - nicht bekannt' und

'nicht neu - neu' erklärt. Neu ist alles im Text noch nicht Vorgekommene, nicht neu ist alles Vorerwähnte, aber auch Sprecher und Angesprochener. Bekannt ist das in der Kenntnis von Sprecher und Hörer Vorhandene, nicht bekannt das erst im Text Eingeführte. Wichtig ist die Überschneidung der beiden Gliederungspaare: Bekanntes kann bei seiner ersten Erwähnung im Text insofern neu sein.

Den Ansatzpunkt einer Mitteilung bilden stets bekannte Gegebenheiten; sie werden als T h e m a des Satzes eingesetzt. Die Mitteilung über dieses Thema ist das R h e m a; es besteht aus neuen Einheiten. Themafähig sind nur bekannte Elemente, die freilich in der Textsituation auch neu sein können, da sie noch nicht vorgekommen sind. Rhemafähig sind nur neue Elemente, die in der Textsituation auch bekannt sein können, weil sie in der Situation vorhanden sind.

Text 7 bildet den Anfang des ganzen Romans; der Name *Würzburg* kann daher noch nicht vorgekommen sein, ist also im Text neu. Trotzdem kann er Thema des Satzes sein, weil er als bekannt gelten kann. Der Ausdruck *durch den Krieg* verweist durch den bestimmten Artikel auf einen bestimmten, für Schreiber und Leser bekannten Krieg. Trotzdem kann der Ausdruck Teil des Rhemas sein, weil er im Text neu ist.

Satzgliedfolge und Thema- Rhema-Gliederung

Die Regelung der Satzgliedfolge durch die Thema - Rhema - Gliederung läßt sich vor allem an einfach gebauten Sätzen gut erkennen.

Der Junge legte frühzeitig Proben einer bemerkenswerten Stärke ab.

(Text 2, Z. 4 f.)

Thema des Satzes ist das Syntagma *der Junge*. Der bestimmte Artikel bezeichnet hier die Bekanntheit; schon vorher war von der *Geburt* des Herkules die Rede, wurde er als *Sohn* und als *Abkömmling* bezeichnet. Zum Rhema gehören die Temporalangabe *frühzeitig* und die Akkusativergänzung. Beide sind im Text neu, was auch an der Artikellosigkeit des Substantivs *Proben* erkennbar wird; im Singular entspräche ihr der unbestimmte Artikel: *eine Probe*. Das thematische Satzglied steht am Anfang des Satzes, das Rhema folgt darauf. Grundsätzlich sind die Satzglieder nach steigendem Mitteilungswert angeordnet.

Dem Textausschnitt 5 geht ein Satz voraus, der nach einem temporalen Angabesatz mit den Worten endet:

(Während ...), erinnern die Großen ihren Vater auf schonende Art daran, daß sie heute Gesellschaft haben.

Nach dieser Erwähnung kann die Bezeichnung *die Großen* im folgenden Satz Thema werden und den Anfang bilden; die Identifizierung und Charakterisierung der *Großen* bildet die eigentliche Mitteilung des Satzes, das Rhema (Text 5, Z. 1 - 12).

Die Steuerung der Satzgliedfolge nach dem Mitteilungswert kann besonders deutlich werden, wenn im Rhema bekannte und unbekannte Elemente auftreten; bekannte Elemente sind beispielsweise am bestimmten Artikel oder am Pronominalcharakter erkennbar, unbekannte Elemente am unbestimmten Artikel. Wenn Akkusativ- und Dativergänzung zu einem Verb wie *geben* sich in dieser Weise nach ihrem Mitteilungswert unterscheiden, sind beispielsweise folgende Anordnungen zu erwarten:

Der Lehrer gab ihm ein Buch.
Der Lehrer gab es einem Schüler.

Dagegen sind nicht ohne weiteres Anordnungen vorstellbar, bei denen die pronominalen Satzglieder am Ende stehen. Es ist natürlich auch eine Rhemastellung der Nominativergänzung möglich:

Das Buch gab ihm ein Lehrer.
Dem Schüler gab es ein Lehrer.

Bedeutungsbeschreibung eines Satzgefüges

Das Beispiel für die Analyse eines Satzgefüges in Kapitel 15 soll nun auch unter satzsemantischem Aspekt beschrieben werden (Text 1, Z. 3 - 6):

Seit jedoch ihr neuer Freund darauf gekommen ist, daß man im Sommer die Hemden auch offen tragen könne, sind schon wiederum zwei neue seidene, die ich erst kürzlich in Gebrauch nahm, in der Waschanstalt verloren gegangen.

Innerhalb des Satzgefüges bestehen Beziehungen, die bei der Gefügeanalyse zu berücksichtigen waren:

Der *daß*-Satz ist durch das Korrelat *darauf* als Präpositionalergänzung in den *seit*-Satz eingebettet. Das Relativpronomen *die* bezieht sich numeruskongruent auf das Syntagma *zwei neue seidene*, zu dem der Relativsatz Attribut ist. Das Syntagma

selbst ist Attribut zu einem Kern *Hemden*, der im vorhergehenden Teilsatz als Akkusativergänzung bereits vorkam und nicht wiederholt wird.
Das Satzgefüge bildet den zweiten und letzten Satz des gesamten Textes. Es ist mit dem vorhergehenden Satzgefüge vielfältig verbunden. Die im Personalpronomen *ich* hergestellte Beziehung auf den Sprecher ist auch im ersten Satz bereits in dem Possessivpronomen *mein* und in den Personalpronomen *mich* und *mir* gegeben. Das Possessivpronomen *ihr* stellt eine Beziehung zu dem Femininum *Hausmeisterin* her. Die Bezeichnung *ihr neuer Freund* nimmt inhaltlich auf die Aussage der Scheidung von ihrem Manne Bezug. Ebenso ist eine inhaltliche Verbindung zwischen *Hemden* und *Kragennummer* gegeben.
Der erste Satz setzt den Ausdruck *meine Hausmeisterin* als bekannte Größe voraus und macht ihn zum Thema. Rhema ist die Mitteilung der Scheidung und die Erklärung der Bedeutung dieses Faktums für den Sprecher, *eine gewisse Erleichterung*. In dem zu besprechenden zweiten Satz knüpft die Modalangabe *jedoch* thematisch an die erwartete Erleichterung an und kennzeichnet sie als irrig; der gesamte Inhalt des zweiten Satzes ist, von diesem Rückbezug abgesehen, neu, also Rhema.
Auch in den einzelnen Teilsätzen sind die Satzglieder thematisch - rhematisch angeordnet. Die Pronomen *man* (Z. 4) und *ich* (Z. 5) bilden jeweils als bekannte Größen das Thema der entsprechenden Teilsätze und stehen in ihnen daher ganz am Anfang.

Temporal bezieht der Sprecher den Inhalt des Textes auf einen Bezugszeitpunkt im Jetzt, der als mit dem Sprechzeitpunkt identisch angesehen werden kann. Vor diesem Bezugszeitpunkt ist die Scheidung erfolgt (*hat... scheiden lassen*: Perfekt); diese Tatsache *bedeutet* (Präsens) jetzt für den Sprecher *Erleichterung*, da eine von dem Mann ausgehende Beeinträchtigung, die auf der Übereinstimmung der Kragennummer beruht, somit in einen Bezugszeitpunkt des Damals gerückt ist: *war* (Präteritum). Neue Beeinträchtigung gilt aber wiederum für das Jetzt: *ist darauf gekommen, sind verloren gegangen*; die Perfektformen kennzeichnen vor dem Sprechzeitpunkt eingetretene Ereignisse, deren Ergebnisse im Sprechzeitpunkt fortbestehen. Sie sind durch die Konjunktion *seitdem* in eine zeitliche Abfolge gebracht.
Mit einer Ausnahme enthält der Text nur Indikativformen; der Konjunktiv *könne* (Z. 4) kennzeichnet den betreffenden Satz wohl als Wiedergabe einer Äußerung des neuen Freundes:

Man kann im Sommer die Hemden auch offen tragen (o. ä.)

Im übrigen gibt der Sprecher keine Einschränkung der Geltung der Aussagen; die Indikativformen zeigen deutlich, daß die Aussagen als der Wirklichkeit entsprechend verstanden werden sollen: Bewertungen durch den Sprecher erfährt nicht die Geltung, sondern das Geschehen selbst. Der weiterführende Relativsatz *was für mich insoferne eine gewisse Erleichterung bedeutet, als* ... leistet eine derartige Kommentierung unmittelbar. In dem zweiten Satz ist sie indirekt in dem Modaladverb *jedoch* erkennbar, wonach der Fortgang des Geschehens nicht mit den Erwartungen des Sprechers übereinstimmt.

Dieses weitere Geschehen kann nur in vordergründiger Interpretation der Indikativformen vom Sprecher als für wirklich zu halten gemeint sein. Vielmehr ist dem ersten Satz aus den Elementen 'Mann der Hausmeisterin' und 'gemeinsame Kragen-Nummer' sowie der Erleichterung über die Scheidung zu entnehmen, daß dem Sprecher Hemden abhanden gekommen waren, ohne daß dies ausdrücklich gesagt würde. Entgegen den Erwartungen des Sprechers setzt sich aber der Verlust seiner Hemden fort, wenn auch die Hausmeisterin offenbar die Schuld auf die Waschanstalt schiebt. Die überwiegend rhematische Funktion dieses zweiten Satzes ist darin begründet, daß zahlreiche Aussagen als bekannt vorausgesetzt werden. Der Text erweist sich, wie schon in seinen textsyntaktischen Beziehungen, als äußerst knapp und verdichtet, wie es in der Bezeichnung als *Kürzestgeschichte* durch den Autor selbst ausgedrückt ist. Insofern lohnt sich bei einem solchen Text eine genaue syntaktische Analyse besonders. Sie soll natürlich nicht die Textverdichtung durch banale Ausformulierung aufheben, sondern durch Kennzeichnung ihrer Mittel gerade bewußt und nachvollziehbar machen.

Literaturhinweise

W. Admoni, Der deutsche Sprachbau, § 66 - 68.
O. Behaghel, Deutsche Syntax, IV.
R. Bergmann - P. Pauly - M. Schlaefer, Einführung in die deutsche Sprachwissenschaft, S. 48 - 68.
H. Brinkmann, Die deutsche Sprache, S. 474 - 505, 704 - 887.
I. Dal, Kurze deutsche Syntax, § 125 - 131.
Duden. Grammatik, Nr. 1492 - 1559.
Einführung in die Grammatik und Orthographie, S. 173 - 174, 199 - 203.
J. Erben, Deutsche Grammatik, § 509 - 525, 628 - 650.

H. Glinz, Die innere Form des Deutschen, S. 136 - 147, 416 - 451.
Grundzüge einer deutschen Grammatik, S. 702 - 764.
G. Helbig - J. Buscha, Deutsche Grammatik, S. 498 - 517.
W. Jung, Grammatik der deutschen Sprache, Nr. 287 - 329.
H. Paul, Deutsche Grammatik, III, § 56 - 75.
W. Schmidt, Grundfragen der deutschen Grammatik, S. 259 - 283, 312 - 316.
Die deutsche Sprache, II, S. 931 - 937.

17. Beispiele für Satzgefügeanalysen

Text 4, Z. 1 - 6

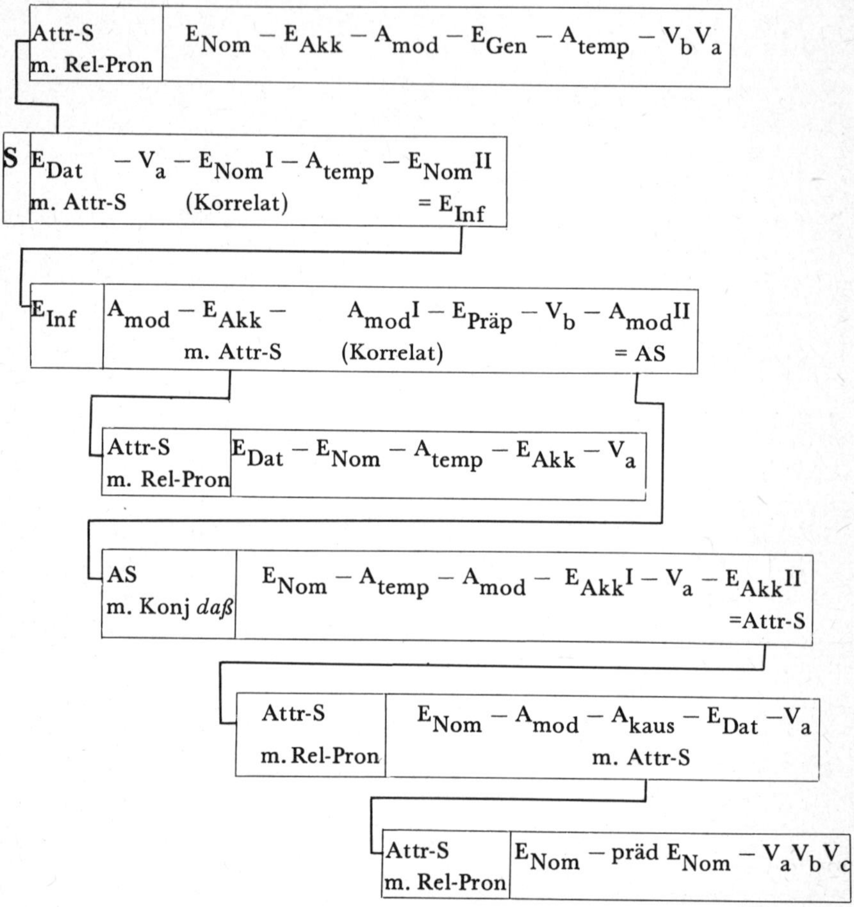

Erläuterungen zur Analyse

Im Attributsatz zur Dativergänzung des Trägersatzes wird das Reflexivpronomen *sich* als Akkusativergänzung aufgefaßt; als valenzbedingter Satzbauplan liegt zugrunde *jemand rühmt sich einer Sache*; vergleichbar ist mit Ersatz des Reflexivpronomens *jemand rühmt jemanden oder etwas wegen einer Sache.*

Im Trägersatz ist die Position der Nominativergänzung nur durch das Korrelat *es* besetzt, die als Subjekt fungierende Infinitivergänzung ist ausgeklammert.

In der Infinitivergänzung wird der Komplex *durch Beistellung einer Menge Ritter- und Räuberromane in den Abend- und Nachtstunden* als ein Satzglied aufgefaßt, da er geschlossen umstellbar und erststellenfähig ist; eine Annahme von zwei selbständigen Angaben A_{mod} und A_{temp} ist auch inhaltlich weniger wahrscheinlich.

In der Infinitivergänzung ist eine weitere Modalangabe zunächst nur durch das Korrelat *derart* realisiert; der Angabesatz ist ausgeklammert.

In diesem Angabesatz mit der Konjunktion *daß* ist die Akkusativergänzung durch einen Relativsatz attribuiert, der wiederum ausgeklammert ist.

In diesem Attributsatz wird *aber* als Modalangabe aufgefaßt, obwohl es nur beschränkt umstellbar und nicht erststellenfähig ist; doch läßt sich sein Satzgliedwert durch eine Ersatzprobe verdeutlichen: *die entgegen allen Erwartungen ... niemandem schadeten.*

In dem diesem Attributsatz untergeordneten letzten Attributsatz wird *eben* als adverbielles Attribut zur prädikativen Nominativergänzung aufgefaßt: *eben Sancho Pansa*; es könnte auch zum Subjekt gerechnet werden: *der eben*, ist jedenfalls kein Satzglied.

Text 10, Z. 1 - 6

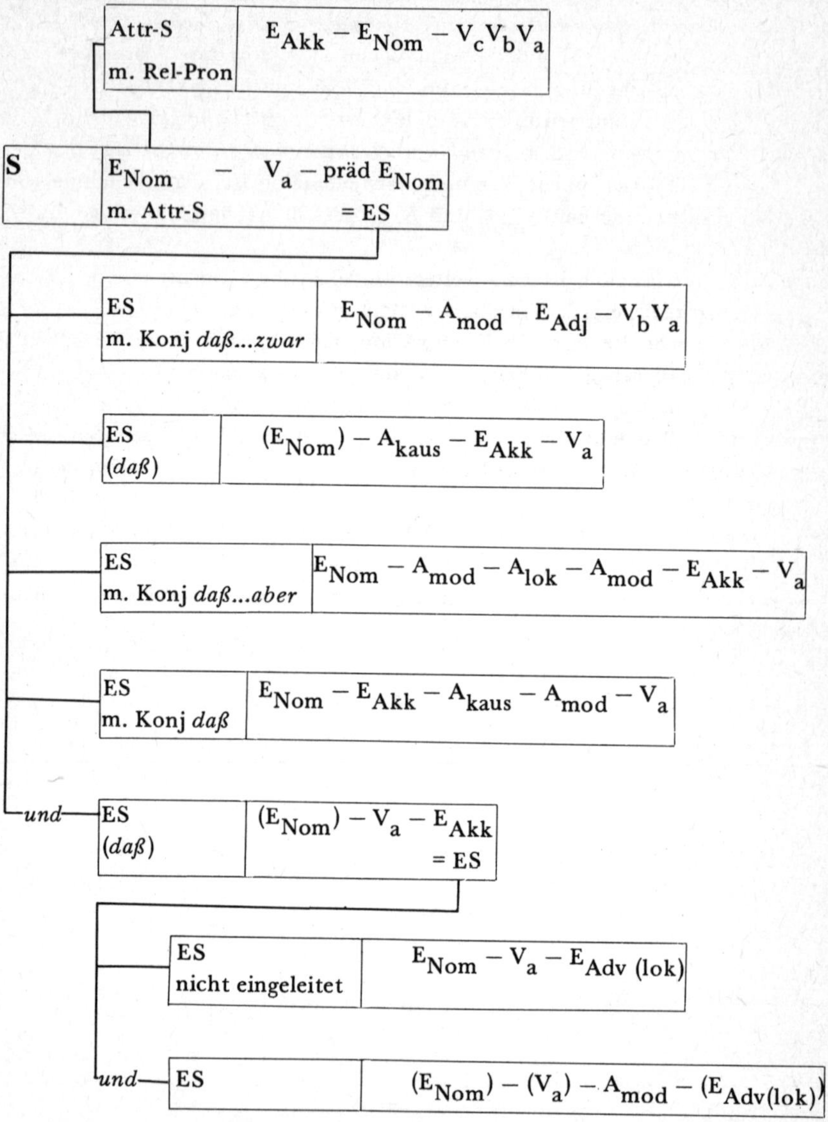
Attr-S
m. Rel-Pron
$E_{Akk} - E_{Nom} - V_c V_b V_a$
S
E_{Nom} m. Attr-S
$- V_a -$ präd E_{Nom} = ES
ES
m. Konj *daß...zwar*
$E_{Nom} - A_{mod} - E_{Adj} - V_b V_a$
ES
(*daß*)
$(E_{Nom}) - A_{kaus} - E_{Akk} - V_a$
ES
m. Konj *daß...aber*
$E_{Nom} - A_{mod} - A_{lok} - A_{mod} - E_{Akk} - V_a$
ES
m. Konj *daß*
$E_{Nom} - E_{Akk} - A_{kaus} - A_{mod} - V_a$
und
ES
(*daß*)
$(E_{Nom}) - V_a - E_{Akk}$ = ES
ES
nicht eingeleitet
$E_{Nom} - V_a - E_{Adv (lok)}$
und
ES
$(E_{Nom}) - (V_a) - A_{mod} - (E_{Adv(lok)})$

Erläuterungen zur Analyse

In dem Attributsatz zur Nominativergänzung des Trägersatzes ist das Reflexivpronomen als Bestandteil des verbalen Komplexes aufgefaßt (V_c), da es nicht durch andere Dativergänzungen ersetzbar ist: *jemand denkt sich etwas aus.*
Die prädikative Nominativergänzung des Trägersatzes hat Satzform; sie besteht aus fünf koordinierten *daß*-Sätzen. Die Koordination wird ausgedrückt durch die dreimalige Wiederholung der Konjunktion *daß*, durch die koordinierenden Konjunktionen *zwar* und *aber* sowie die koordinierende Konjunktion *und*. Im zweiten und im fünften Satz liegt Ellipse der Konjunktion und der Nominativergänzung vor.
Im letzten *daß*-Satz ist die Akkusativergänzung durch zwei mit *und* koordinierte nichteingeleitete Ergänzungssätze realisiert. Der zweite Ergänzungssatz zeigt Ellipse bis auf die Modalangabe: *und (die vom rechten Netzhautbild stammende Information komme) umgekehrt (vom linken Auge).*

Text 5, Z. 1 - 12

S	E_{Nom} – V_a – präd E_{Nom} I *und* präd E_{Nom} II m. Attr-S m. Attr-S

zwar —

Attr-S m. Rel-Pron	E_{Nom} – $E_{Adv\ (lok)}$ – V_a

und —

Attr-S	(E_{Nom}) – E_{Akk} – A_{mod} – A_{mod} – $V_b V_a$ – A_{kaus} = AS

AS m. Konj *wenn auch nur* *weil*	E_{Nom} – E_{Dat} – E_{Akk} – A_{mod} – $V_c V_b V_a$

aber —

Attr-S	(E_{Nom}) – $E_{Präp}$ – E_{Akk} – $V_b V_a$

sondern —

Attr-S	(E_{Nom}) – A_{kaus} – $E_{Adv\ (lok)}$ – V_a

Attr-S m. Rel-Pron	E_{Nom} – E_{Akk} – A_{mod} – V_b(V_a)

sondern —

Attr-S	(E_{Nom}) – E_{Akk} – A_{temp} – $E_{Adv\ (lok)}$ – $V_b V_a$

und —

Attr-S	(E_{Nom}) – präd E_{Nom} I – $V_b V_a$ – präd E_{Nom} II m. weiterführendem Relativsatz

weiterführender Relativsatz	A_{kaus} – E_{Nom} – A_{temp} – E_{Akk} – $V_b V_a$

Erläuterungen zur Analyse

Die Nominativergänzung des Trägersatzes besteht aus dem substantivierten Adjektiv *die Großen*; sie wird eigens noch einmal durch das als Korrelat fungierende neutrale Pronomen *das* aufgenommen, wodurch die Thematisierung der *Großen* verstärkt und die Spannung auf ihre Charakterisierung erhöht wird. Der Nominativergänzung wird eine sehr komplexe prädikative Nominativergänzung gleichgesetzt, die aus zwei durch *und* verbundenen Teilen besteht. Den ersten Teil bildet das Nominalsyntagma mit dem Kern *Ingrid*, das durch eine Apposition attribuiert ist. Dieser erste Teil ist durch vier koordinierte Relativsätze attribuiert, die durch die koordinierenden Konjunktionen *zwar, und, aber* sowie *sondern* verknüpft sind. Das als Nominativergänzung fungierende Relativpronomen wird im zweiten bis vierten Attributsatz nicht wiederholt.
Aus dem zweiten Attributsatz ist ein kausaler Angabesatz ausgeklammert, der durch die Konjunktionen *wenn auch nur weil* eingeleitet wird. Die Einleitung könnte man wohl auflösen und als Ellipse eines ganzen Satzes annehmen: *wenn (sie es) auch nur (deshalb ablegen wird), weil ...*
Den zweiten Teil der prädikativen Nominativergänzung des Trägersatzes, dessen Beginn im Text ein Gedankenstrich markiert, besteht aus dem Namen *Bert* als Kern mit nachgestelltem Adjektivattribut und drei koordinierten Relativsätzen in Attributfunktion. Die Relativsätze sind durch die koordinierenden Konjunktionen *sondern* und *und* verbunden. Dem ersten Relativsatz fehlt das finite Verb, das mit dem des zweiten identisch ist; im zweiten und dritten Relativsatz ist das als Nominativergänzung fungierende Relativpronomen nicht wiederholt.
Der dritte Attributsatz hat eine komplexe prädikative Nominativergänzung; sie besteht aus einem ersten Teil mit den durch die Konjunktionen *entweder ... oder ... oder* koordinierten Elementen und aus einem ausgeklammerten Attributteil zu dem dritten Element (*Kellner*) des ersten Teils. An das Präpositionalattribut dieses Attributkomplexes ist ein Relativsatz angeschlossen, der hier als weiterführender Relativsatz bestimmt ist. Die Kausalangabe dieses Satzes ist durch *wozu* ersetzbar; dadurch wird der Bezug auf den Inhalt des ganzen Satzes (*Kellner werden in Kairo*) deutlich. Wenn man aber *Ziel* enger auf den Ort *Kairo* und den *Fluchtversuch* bezieht, könnte man den Satz auch als Attributsatz zum Präpositionalattribut *in Kairo* verstehen.

Text 6, Z. 1 - 5

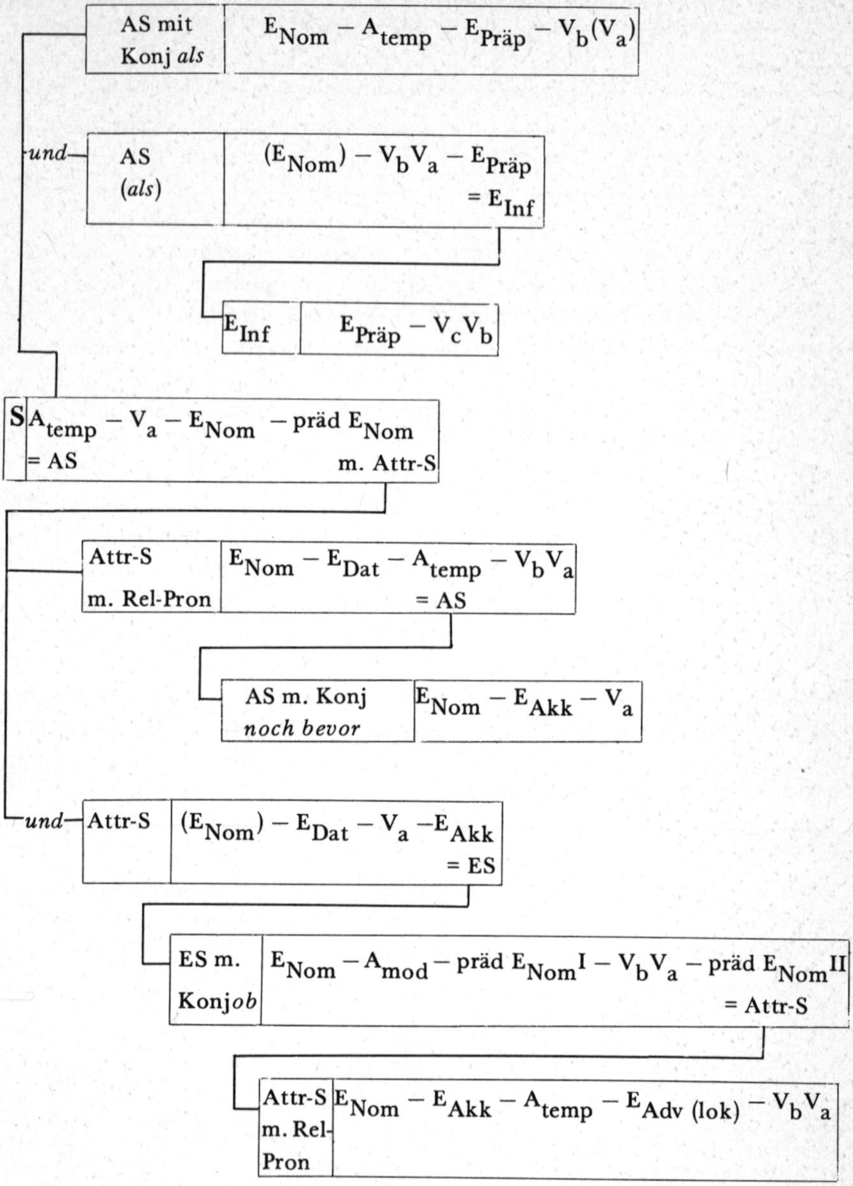
AS mit Konj *als*
$E_{Nom} - A_{temp} - E_{Präp} - V_b(V_a)$
und
AS (*als*)
$(E_{Nom}) - V_bV_a - E_{Präp}$ $= E_{Inf}$
E_{Inf}
$E_{Präp} - V_cV_b$
S
$A_{temp} - V_a - E_{Nom}$ – präd E_{Nom}
= AS
m. Attr-S
Attr-S m. Rel-Pron
$E_{Nom} - E_{Dat} - A_{temp} - V_bV_a$ = AS
AS m. Konj *noch bevor*
$E_{Nom} - E_{Akk} - V_a$
und
Attr-S
$(E_{Nom}) - E_{Dat} - V_a - E_{Akk}$ = ES
ES m. Konj*ob*
$E_{Nom} - A_{mod}$ – präd $E_{Nom}I - V_bV_a$ – präd $E_{Nom}II$ = Attr-S
Attr-S m. Rel-Pron
$E_{Nom} - E_{Akk} - A_{temp} - E_{Adv\,(lok)} - V_bV_a$

Erläuterungen zur Analyse

Die Temporalangabe des Trägersatzes besteht aus zwei durch *und* koordinierten Sätzen; die Konjunktion *als* und die Nominativergänzung wird im zweiten Satz nicht wiederholt. Das finite Verb erscheint ebenfalls nur einmal, und zwar im zweiten Satz. Die Passivformen *konfrontiert und aufgefordert wurde* lassen sich wie andere zusammengesetzte oder modifizierte Verbalkomplexe behandeln. Daß die Nominativergänzung beider Sätze bei aktivischer Verwendung der Verben im Akkusativ stehen würde, ist für die Analyse der vorliegenden Sätze irrelevant.

Die Präpositionalergänzung des zweiten Temporalsatzes ist durch eine Infinitivgruppe realisiert. Sie besteht aus der Präpositionalergänzung *dazu* und einem Funktionsverbgefüge. Der Charakter des Funktionsverbgefüges ist hier deutlich, da zu dem Verbalsubstantiv *Stellung* weder ein Artikel noch ein Adjektivattribut treten kann.

Im Trägersatz wird *es* als Nominativergänzung, *Hach* als prädikative Nominativergänzung verstanden; die beiden folgenden koordinierten Relativsätze werden als Attribut zu *Hach* aufgefaßt. Umstellproben und Ersatzproben lassen noch eine andere Möglichkeit erkennen: *Hach war es, der ...; Hach war derjenige, der ...; wer ..., war Hach.* Die Relativsätze können auch als Ergänzungssätze angesehen werden, die als prädikative Nominativergänzung fungieren. *es* wäre dann als Korrelat zu bestimmen.

Die beiden hier als Attributsätze bestimmten Relativsätze sind durch *und* koordiniert; im zweiten Satz wird das als Nominativergänzung fungierende Relativpronomen nicht wiederholt. In den ersten Attributsatz ist ein temporaler Angabesatz eingeklammert. Aus dem zweiten Attributsatz ist die durch den *ob*-Satz realisierte Akkusativergänzung ausgeklammert.

Aus dem *ob*-Satz ist ein Attributsatz zur prädikativen Nominativergänzung ausgeklammert.

Text 7, Z. 1 - 6

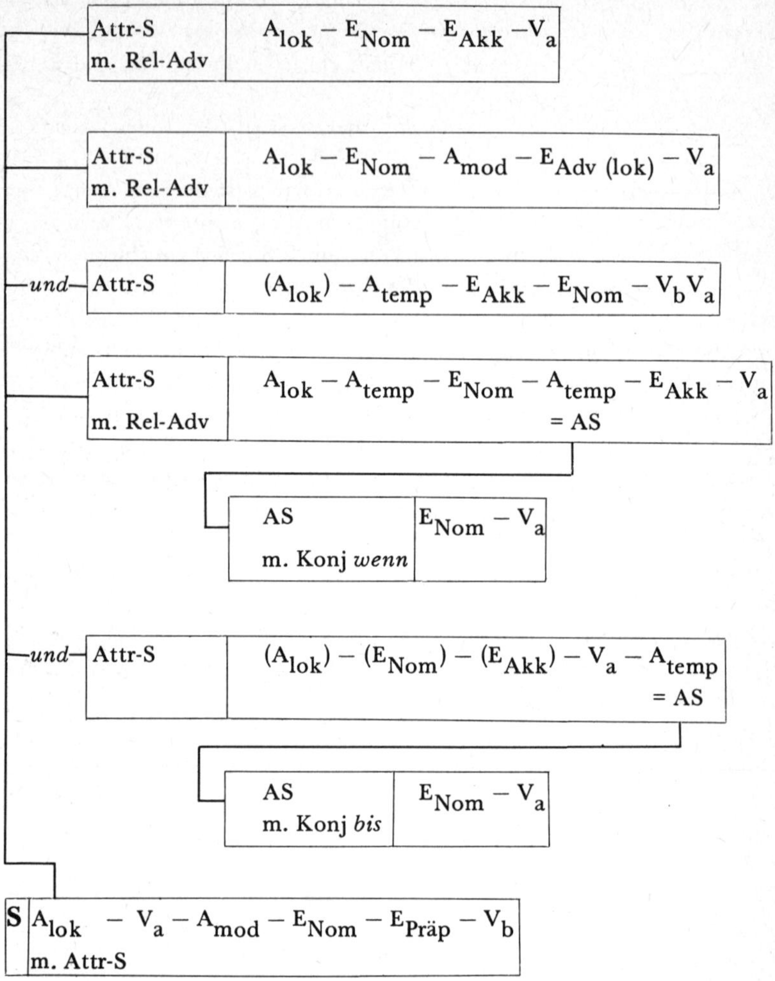
Attr-S m. Rel-Adv
$A_{lok} - E_{Nom} - E_{Akk} - V_a$
Attr-S m. Rel-Adv
$A_{lok} - E_{Nom} - A_{mod} - E_{Adv\ (lok)} - V_a$
und
Attr-S
$(A_{lok}) - A_{temp} - E_{Akk} - E_{Nom} - V_b V_a$
Attr-S m. Rel-Adv
$A_{lok} - A_{temp} - E_{Nom} - A_{temp} - E_{Akk} - V_a$ = AS
AS m. Konj *wenn*
$E_{Nom} - V_a$
und
Attr-S
$(A_{lok}) - (E_{Nom}) - (E_{Akk}) - V_a - A_{temp}$ = AS
AS m. Konj *bis*
$E_{Nom} - V_a$
S
A_{lok} m. Attr-S
$- V_a - A_{mod} - E_{Nom} - E_{Präp} - V_b$

Erläuterungen zur Analyse

Die Lokalangabe des Gesamtsatzes ist durch fünf koordinierte Relativsätze attribuiert. Der dritte und fünfte Relativsatz sind durch die Konjunktion *und* angeschlossen, während das als Lokalangabe fungierende Relativadverb hier jeweils weggelassen ist.

Im ersten Attributsatz ist die Nominativergänzung durch eine nachgestellte Adjektivgruppe attribuiert.

Im dritten Attributsatz ist das Reflexivpronomen als Akkusativergänzung bestimmt, da es ersetzbar ist: *jemand oder etwas ändert sich oder jemanden oder etwas.*

In den vierten Attributsatz ist ein temporaler Angabesatz eingebettet.

In dem fünften Attributsatz liegt Ellipse der Lokalangabe und der mit dem vierten Satz identischen Nominativ- und Akkusativergänzungen vor. Ein temporaler Angabesatz ist ausgeklammert. In diesem Satz wird *auch* als Teil der Nominativergänzung verstanden, mit der es gemeinsam erststellenfähig ist: *auch er starb.*

Das gesamte Gefüge ist dadurch charakterisiert, daß die erste Satzgliedstelle des Trägersatzes durch eine außerordentlich umfangreiche Lokalangabe besetzt ist. Die Nominativergänzung ist dadurch fast ans Ende gerückt; sie hat gemeinsam mit der Präpositionalergänzung und dem Verb den höchsten Mitteilungswert; vgl. zu dem temporalen Aufbau des Gefüges Kapitel 8, Abschnitt 'Analyse von Tempusformen'!

18. Textanhang

Die Texte 1 bis 4 werden vollständig wiedergegeben; die übrigen Texte sind Ausschnitte aus größeren Texten.

1. Heimito von Doderer: Unser Zeitalter

Meine Hausmeisterin hat sich von ihrem Manne scheiden lassen, was für mich insoferne eine gewisse Erleichterung bedeutet, als jenem die Kragen-Nummer mit mir gemeinsam war. Seit jedoch ihr neuer Freund darauf gekommen ist, daß man im Sommer die Hemden auch offen tragen könne, sind schon wiederum zwei neue seidene, die ich erst kürzlich in Gebrauch nahm, in der Waschanstalt verloren gegangen.

aus: Heimito von Doderer, Die Erzählungen, hg. v. W. Schmidt-Dengler, dtv 1519, 1980, S. 315-318: Neun Kürzestgeschichten (2. Geschichte, S. 315).

2. Robert Walser: Herkules

Seine Geburt war glänzend. Irr ich nicht, so entstammte er einem unehelichen Verhältnis. Er war der Sohn einer Fürstin und Abkömmling eines Gottes. Zeus, sein Vater, schlich eines Nachts zur Gattin Amphitryons, um sich zu belustigen, was ihm ja denn auch gelang. Der Junge legte frühzeitig Proben einer bemerkenswerten Stärke ab. Er trieb wohl mit Vorliebe viel Sport und so weiter. Wie's mit seiner Erziehung stand, wissen wir nicht. Vielleicht ging er gar nicht mal zur Schule. Uns scheint, er müsse mehr auf körperliche als auf geistige Entwicklung Wert gelegt und eher bloß Arme und Beine als den Kopf in Bewegung gesetzt haben. Seine Bildung war wohl ziemlich lückenhaft. Fest steht immerhin, daß er Riesenarbeit leistete, denn er häufte Werk auf Werk. So hat er zum Beispiel einen Stall gründlich gereinigt. Heutzutage würde freilich hieraus wenig Wesens gemacht. Ferner säuberte er eine weitläufige Landschaft mit der ihm eigenen Energie von allerlei unnützem Gesindel, bekämpfte mit Erfolg einen Löwen und legte einen Wegelagerer lahm, der die Reisenden belästigte, indem er mit ihnen verfuhr, wie sie's ungern genug erlebten. Als der Athlet genug getan zu haben glaubte und sich, von den Strapazen ermüdet, nach dem zweifellos wohlverdienten Ruhestand sehnte, traf es sich zufällig, daß er zu einer Dame kam, die ihn ungemein umstrickte. Der berühmte Kämpfer trug nun Wasser, strickte Strümpfe, schüttelte Kissen, schälte Kartoffeln. Ach, welch ein Fall! Doch wozu klagen? Er, der die Schrecknisse besiegte und große Taten vollführte, fand nun am Geschirrabwaschen Geschmack, hielt sich artig zu Hause auf und gehorchte einem zarten Frauchen. Ein Unbändiger wurde sanftmütig und sittsam. So was kann vorkommen. Gescheh nichts Böseres!

aus: Robert Walser, Kleine Wanderung. Geschichten, Mit einem Nachwort von Herbert Heckmann, Reclams Universal-Bibliothek 8851, 1967, S. 39 f.

3. Peter Bichsel: San Salvador

Er hatte sich eine Füllfeder gekauft.

Nachdem er mehrmals seine Unterschrift, dann seine Initialen, seine Adresse, einige Wellenlinien, dann die Adresse seiner Eltern auf ein Blatt gezeichnet hatte, nahm er einen neuen Bogen, faltete ihn sorgfältig und schrieb: „Mir ist es hier zu kalt", dann, „ich gehe nach Südamerika", dann hielt er inne, schraubte die Kappe auf die Feder, betrachtete den Bogen und sah, wie die Tinte eintrocknete und dunkel wurde [in der Papeterie garantierte man, daß sie schwarz werde] , dann nahm er seine Feder erneut zur Hand und setzte noch seinen Namen Paul darunter. Dann saß er da.

Später räumte er die Zeitungen vom Tisch, überflog dabei die Kinoinserate, dachte an irgend etwas, schob den Aschenbecher beiseite, zerriß den Zettel mit den Wellenlinien, entleerte seine Feder und füllte sie wieder. Für die Kinovorstellung war es jetzt zu spät.

Die Probe des Kirchenchores dauert bis neun Uhr, um halb zehn würde Hildegard zurück sein. Er wartete auf Hildegard. Zu all dem Musik aus dem Radio.

Jetzt drehte er das Radio ab.

Auf dem Tisch, mitten auf dem Tisch, lag nun der gefaltete Bogen, darauf stand in blauschwarzer Schrift sein Name Paul.

„Mir ist es hier zu kalt", stand auch darauf.

Nun würde also Hildegard heimkommen, um halb zehn. Es war jetzt neun Uhr.

Sie läse seine Mitteilung, erschräke dabei, glaubte wohl das mit Südamerika nicht, würde dennoch die Hemden im Kasten zählen, etwas müßte ja geschehen sein.

Sie würde in den „Löwen" telefonieren.

Der „Löwen" ist mittwochs geschlossen.

Sie würde lächeln und verzweifeln und sich damit abfinden, vielleicht.

Sie würde sich mehrmals die Haare aus dem Gesicht streichen, mit dem Ringfinger der linken Hand beidseitig der Schläfe entlang fahren, dann langsam den Mantel aufknöpfen.

Dann saß er da, überlegte, wem er einen Brief schreiben könnte, las die Gebrauchsanweisung für den Füller noch einmal – leicht nach rechts drehen – las auch den französischen Text, verglich den englischen mit dem deutschen, sah wieder seinen Zettel, dachte an Palmen, dachte an Hildegard.

Saß da.

Und um halb zehn kam Hildegard und fragte: „Schlafen die Kinder?"

Sie strich sich die Haare aus dem Gesicht.

aus: Peter Bichsel, Eigentlich möchte Frau Blum den Milchmann kennenlernen, 12. A. Olten und Freiburg 1978, S. 34 - 35.

4. Franz Kafka: Die Wahrheit über Sancho Pansa

Sancho Pansa, der sich übrigens dessen nie gerühmt hat, gelang es im Laufe der Jahre, durch Beistellung einer Menge Ritter- und Räuberromane in den Abend- und Nachtstunden seinen Teufel, dem er später den Namen Don Quixote gab, derart von sich abzulenken, daß dieser dann haltlos die verrücktesten Taten aufführte, die aber mangels eines vorbestimmten Gegenstandes, der eben Sancho Pansa hätte sein sollen, niemandem schadeten. Sancho Pansa, ein freier Mann, folgte gleichmütig, vielleicht aus einem gewissen Verantwortlichkeitsgefühl, dem Don Quixote auf seinen Zügen und hatte davon eine große und nützliche Unterhaltung bis an sein Ende.

aus: Franz Kafka, Sämtliche Erzählungen, hg. v. Paul Raabe, Frankfurt/Main, 1976, Nr. 12, S. 349 f.

5. Thomas Mann: Unordnung und frühes Leid

Die Großen, das sind die achtzehnjährige und braunäugige Ingrid, ein sehr reizvolles Mädchen, das zwar vor dem Abiturium steht und es wahrscheinlich auch ablegen wird, wenn auch nur, weil sie den Lehrern und namentlich dem Direktor die Köpfe bis zu absoluter Nachsicht zu verdrehen gewußt hat, von ihrem Berechtigungsschein aber keinen Gebrauch zu machen gedenkt, sondern auf Grund ihres angenehmen Lächelns und sehr amüsanten parodistischen Talentes zum Theater drängt – und Bert, blond und siebzehnjährig, der die Schule um keinen Preis zu beenden, sondern sich so bald wie möglich ins Leben zu werfen wünscht und entweder Tänzer oder Kabarett-Rezitator oder aber Kellner werden will: dies letztere unbedingt „in Kairo" – zu welchem Ziel er schon einmal, morgens um fünf, einen knapp vereitelten Fluchtversuch unternommen hat.

aus: Thomas Mann, Unordnung und frühes Leid, in: Thomas Mann, Sämtliche Erzählungen, Frankfurt am Main 1963, S. 491 - 522, S. 491.

6. Heinrich Böll: Die verlorene Ehre der Katharina Blum

Als Katharina am späten Nachmittag mit diesen Aussagen konfrontiert und aufgefordert wurde, dazu Stellung zu nehmen, war es Hach, der ihr, noch bevor er die Frage formulierte, entgegenzukommen versuchte und ihr nahelegte, ob diese Herrenbesuche etwa die Herren gewesen wären, die sie gelegentlich nach Hause gebracht hätten.

aus: Heinrich Böll, Die verlorene Ehre der Katharina Blum oder: Wie Gewalt entsteht und wohin sie führen kann. Erzählung, Köln 1974, S. 41 f.

7. Leonhard Frank: Das Ochsenfurter Männerquartett

In Würzburg, wo der Main, die Stadt durchfließend, seinen schönsten Bogen zieht, wo die dreißig patinierten Kirchtürme stadtbeherrschend in den Himmel stoßen und generationenlang sich nichts geändert hat, wo von alters her der Sohn, wenn der Vater starb, die Metzgerei übernahm und führte, bis auch er starb, waren durch den Krieg und seine Folgen Bankguthaben und Sparkassenbücher zu Papier geworden.

aus: Leonhard Frank, Das Ochsenfurter Männerquartett. Roman, Kindler Taschenbücher 67, 1965, S. 7.

8. Bayerisches Hochschulgesetz vom Jahre 1979

Aufgaben

(1) [1]Das Hochschulwesen dient der Pflege und Entwicklung der Wissenschaften und der Künste durch Forschung, Lehre und Studium. [2]Die Hochschulen bereiten auf eine berufliche Tätigkeit vor, welche die Anwendung wissenschaftlicher Erkenntnisse und wissenschaftlicher Methoden oder die Fähigkeit zu künstlerischer Gestaltung erfordert. [3]Hierzu tragen die verschiedenen Hochschulen entsprechend ihrer besonderen Aufgabenstellung bei. [4]Die wissenschaftlichen Hochschulen dienen vornehmlich der Forschung und Lehre und verbinden diese zu einer vorwiegend wissenschaftsbezogenen Ausbildung. [5]Die Kunsthochschulen dienen vor allem der Pflege der Künste, der Entwicklung künstlerischer Fähigkeiten und der Vermittlung künstlerischer Kenntnisse und Fertigkeiten. [6]Die Fachhochschulen vermitteln durch anwendungsbezogene Lehre eine Bildung, die zu selbständiger Anwendung wissenschaftlicher Methoden und künstlerischen Tätigkeiten in der Berufspraxis befähigt; an Fachhochschulen können anwendungsbezogene Entwicklungsaufträge durchgeführt werden, soweit dies dem Bildungsauftrag der Fachhochschule dient und dafür kostendeckende Drittmittel zur Verfügung stehen. [7]Die Hochschulen fördern die Urteilsfähigkeit ihrer Mitglieder im Sinn der freiheitlich-demokratischen Grundordnung des Grundgesetzes und der Verfassung des Freistaates Bayern.

aus: Bayerisches Hochschulgesetz 1979, Artikel 2, Absatz 1.

9. Brockhaus-Wahrig, Deutsches Wörterbuch

Der Aufbau der Wörterbuchartikel

Aufgabe eines Wörterbuchartikels ist es, die Vielfalt der Verwendungsmöglichkeiten eines Wortes darzustellen; die Bedeutungen der Wörter sollen in ihrem jeweiligen - im System der deutschen Sprache vorkommenden – Zusammenhang erklärt werden.

Neben „standardisierten" Wendungen läßt die Sprache eine Unzahl freier Erfindungen und Kombinationsmöglichkeiten, Wortableitungen und Zusammensetzungen zu, die im Rahmen eines solchen Vorhabens nicht erfaßt werden können und sollen.

Die Artikel des vorliegenden Werkes sind so aufgebaut, daß die einzelnen Bedeutungen des Stichwortes möglichst vollständig beschrieben sind.

Aufgrund der Tatsache, daß wir die Wörter unserer Sprache mittels derselben Sprache erläutern und beschreiben müssen, lassen sich Zirkeldefinitionen nicht immer vermeiden; d. h., wenn man ein zur Erklärung eines Wortes verwendetes Wort nachschlägt, findet man in dessen Erklärung vielleicht schon das Wort wieder, von dem man ausgegangen ist. Eine Lösung dieses Problems ist nicht möglich, wenn man für alle Wörter eine Erklärung geben will.

Die Artikel dieses Wörterbuches sind nach einem einheitlichen System aufgebaut, mit dem ein größtmögliches Maß an Objektivität erreicht werden soll. Im folgenden wird dieses System in der Reihenfolge der Teile eines Artikels dargestellt, erläutert und durch Beispiele illustriert.

aus: Brockhaus Wahrig, Deutsches Wörterbuch in sechs Bänden, hg. v. Gerhard Wahrig, Hildegard Krämer, Harald Zimmermann, Erster Band A - Bt, Wiesbaden, Stuttgart 1980, S. 9.

10. Spektrum der Wissenschaft

Die zweite Antwort, die ich mir ausgedacht hatte, war, daß die binokulare Tiefenumkehr zwar tatsächlich binokular sein könnte, also die von beiden Augen gelieferte Information berücksichtigt, daß das Gehirn aber möglicherweise bei allen Querdisparations-Werten einfach die Vorzeichen umkehrt, daß es beide Augen alsogewissermaßen verwechselt und annimmt, die vom linken Netzhautbild stammende Information komme vom rechten Auge und umgekehrt.

aus: Spektrum der Wissenschaft, September 1981, S. 59.

Sachregister

Abkürzungsverzeichnis und Zeichenerklärung zur Satzanalyse

Verzeichnis der Abkürzungselemente

A	=	Angabe
Adj	=	Adjektiv
Adv	=	Adverb
Akk	=	Akkusativ
Attr	=	Attribut
Dat	=	Dativ
E	=	Ergänzung
Gen	=	Genitiv
Inf	=	Infinitiv
kaus	=	kausal
Konj	=	Konjunktion
lok	=	lokal
mod	=	modal
Nom	=	Nominativ
präd	=	prädikativ
Präp	=	Präposition
Rel-Adv	=	Relativ-Adverb
Rel-Pron	=	Relativ-Pronomen
S	=	Satz
temp	=	temporal
V	=	Verb

Verbaler Satzkern

V_a	=	finite Verbform
$V_{b,c}$	=	nichtfinite Teile des verbalen Satzkerns, beispielsweise Infinitiv Partizip Präteritum substantivischer Teil des Funktionsverbgefüges trennbares Präfix trennbares Bestimmungswort obligatorisches Reflexivpronomen
$V_{1,2,\ldots}$	=	einwertiges, zweiwertiges (usw.) Verb

Abkürzungen für valenzabhängige Satzglieder (Ergänzungen)

	E_{Nom} =	Nominativergänzung (Subjekt)
präd	E_{Nom} =	prädikative Nominativergänzung (Subjektprädikativ)
	E_{Gen} =	Genitivergänzung (Genitivobjekt)
	E_{Dat} =	Dativergänzung (Dativobjekt)
	E_{Akk} =	Akkusativergänzung (Akkusativobjekt)
präd	E_{Akk} =	prädikative Akkusativergänzung (Objektprädikativ)
	$E_{Präp}$ =	Präpositionalergänzung (Präpositionalobjekt) mit fester Präposition
	E_{Adv} =	Adverbialergänzung, realisiert durch Adverbien oder Präpositionalsyntagmen mit wechselnden Präpositionen, im einzelnen näher bestimmbar als E_{Adv} (lok, mod, temp)
	E_{Adj} =	Adjektivergänzung (prädikatives Adjektiv)

Die hier verwendete Terminologie schließt sich an J. Erben, Deutsche Grammatik, § 496, an.

Abkürzungen für freie Angaben

A_{kaus} =	Kausalangabe (einschließlich konsekutiver, konditionaler, konzessiver, finaler Angaben)
A_{lok} =	Lokalangabe
A_{mod} =	Modalangabe (Angaben zur Art und Weise eines Geschehens einschließlich instrumentaler Angaben sowie den Geltungsgrad der Aussage modifizierende Angaben)
A_{temp} =	Temporalangabe

Abkürzungen für Gliedsätze und Gliedteilsätze

AS =	Angabesatz Zu den semantischen Klassen der Angaben sieh die Erklärung der entsprechenden Abkürzungen A_{kaus} usw.
ES =	Ergänzungssatz Die jeweilige Satzgliedfunktion des Ergänzungssatzes im übergeordneten Satz wird mit den Ergänzungsbezeichnungen ausgedrückt; E_{Nom} = ES bedeutet, daß der Ergänzungssatz die Rolle der Nominativergänzung (des Subjekts) wahrnimmt.

E_{Inf} = Infinitivgruppe als Ergänzung
Die Satzgliedfunktion wird wie beim Ergänzungssatz bezeichnet.

Attr-S = Attributsatz
Wenn der Attributsatz dem Kern unmittelbar folgt, wird er in der Formulierung 'm. Attr-S' (mit Attributsatz) unter die Satzgliedbezeichnung des Kerns gesetzt; z.B. E_{Nom}
m. Attr-S
Wenn der Attributsatz von seinem Kern getrennt ist, etwa durch Ausklammerung, wird die Satzgliedbezeichnung des Kerns aufgenommen, als zweiter Teil bezeichnet (II); der Attributsatz wird dann dem Satzgliedteil II gleichgesetzt; z.B.: E_{Akk}^{II}
= Attr-S

Zeichenerklärung

( ) :In runden Klammern stehen Satzglieder, die durch Ellipse nicht realisiert sind, aber zur Strukturbeschreibung ergänzt werden.

I ... II :Getrennt stehende Teile nichtverbaler Satzglieder werden neben der wiederholten Satzgliedbezeichnung durch I und II gekennzeichnet.

= :Gleichheitszeichen zwischen einer Satzgliedbezeichnung und einer Satzbezeichnung drücken aus, daß der betreffende Satz in dem übergeordneten Satz als das betreffende Satzglied fungiert.

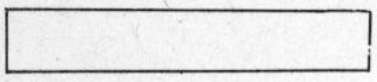
:Die Umrahmung bezeichnet jeweils einen Satz

:Im vorderen Feld der Satzbeschreibung steht die Kennzeichnung der Satzfunktion und gegebenenfalls die Konjunktion.

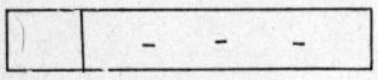
:Durch Gedankenstriche sind die Satzglieder getrennt.

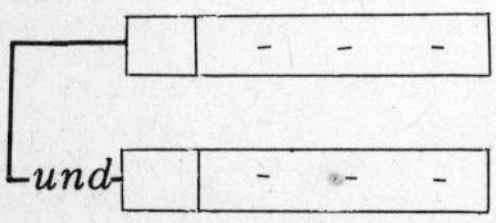

:Sätze, die im Verhältnis der Koordination stehen, werden auf gleicher Höhe angeordnet.

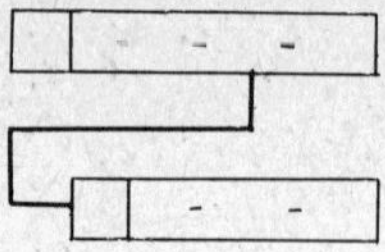

:Sätze, die im Verhältnis der Subordination stehen, werden eingerückt. Die Bezeichnung der Satzglied- oder Satzgliedteilfunktion im übergeordneten Satz wird von dem Verbindungsstrich aufgenommen; sie kehrt bei dem untergeordneten Satz in der Bezeichnung als Gliedsatz oder Gliedteilsatz wieder.

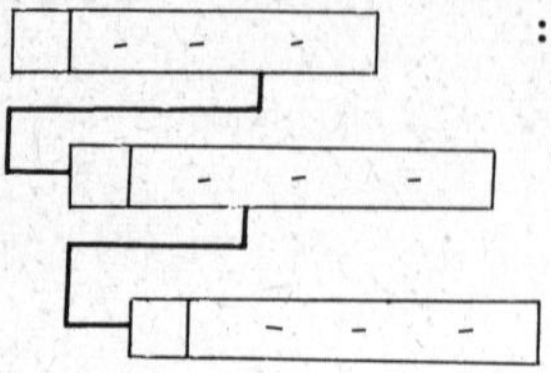

:Die schrittweise Einrückung nach rechts bildet die Stufung von eingebetteten Sätzen 1., 2. usw. Grades ab.